学び直しの古典―参

楽しき日々に

清川《きよかわ》 妙《たえ》

新日本出版社

また　ごいっしょにランチをね。

吉沢　久子

清川さんとのおつきあいは、それ以前にはじまっていたものの、お互いに、心の奥にあるものをふっと感じ合えるようなおつきあいはなかった。

たまたま、小学館から出版された清川さんの『万葉集花語り』を出版社から寄贈された私は、読み出したらやめられなくなり、すぐ一冊を読んでしまった。花にまつわる歌の一首ずつに、ていねいな筆者の解説が実にたのしかった。当時、私は夫のはじめた勉強会で日本の古代史についてさる大学の御専門の先生にお話をうかがっていたので、清川さんの歌の解説がとても面白く、素直に私の心にひびいた。とくに、人麻呂の、

み熊野の浦の浜木綿百重《はまゆふももへ》なす
心は思《も》へど　直《ただ》に逢はぬかも

この一首への清川さんの解説は、私には何か特別の思い入れがあるように感じられたのだった。ちょうど私も勉強会のお仲間と、熊野のあたりを旅し、浜木綿を見てきたばかりのときでもあったので、よけい心ひかれる思いがこちらにもあったのかもしれない。

宮廷歌人であった人麻呂が、持統四年の九月、紀伊行幸に供奉《ぐぶ》したときの作と書かれているこの一首、季節は浜木綿の盛りのとき、夜ひらくこの白い花は、供奉している男たちに、都に残してきた妻や恋人のことを思い出させたにちがいない、と清川さんは書いている。「そして、ゆっくりと歌いあげた人麻呂が、しばらく目を閉じて、見開いたとき、持統天皇の感動に耐えておられるお姿を見た。彼は瞬時に女帝の心のうちを見た。前年、女帝は最愛の草壁皇子を亡くしていた。現《うつ》し世の恋の歌だけではない。幽明、境を異にする人への切ない挽歌にもなったことを知った」と、清川さんは、まるでその宴の席にいて、すべてを見ていたように、そして人麻呂の心の中にまで入りこんだような書き方をされていた。

ふっと、読みながら思ったのは、これを書かれているとき、御自身の息子さんを偲ぶ思いがいっぱいになって、感動をそのまま書かれたのだと、私はまた勝手に考えた。

そんな気持ちを手紙にして清川さんに送った。清川さんからすぐお返事をいただいた。そして何年かがすぎた。

思いがけなく、さる出版社から二人の往復書簡をという企画を出していただき、書いているうちに三冊にもなった。そんなことから、打ち合わせで頻繁にお会いするようになり、ただ紅茶をのんでおしゃべりをするより、食事しながらはどうかしらという話が出て、出版社の方も一人ぐらしときいていたので、三人でランチをたべながらの打ち合わせということになった。特別のものをたべるというのではなく、ふつうの食事をたのしく三人で、ということ。場所をさがすのは当番で交代にということになった。清川さんは「私は浮気はしないで、よくわかってくれる人にお願いをするわ」と、山の上ホテルで毎回、趣向をかえておいしいものを用意して

食事会で、清川さんと

下さった。無理のない、ランチの会は「くいしん坊の会」と名づけ、仕事が終わっても、ときどき集まってはランチを共にした。

おしゃれで美しかった清川さんは、いつも地味なものばかりを身につけている私に、

「スカーフ一枚、華やかなものをお使いになると、明るい感じになるのに」

とすすめてくれていた。そのうち、いっしょにスカーフを見に、清川さんお気にいりの店にいく約束をしていたのに、果たさないうちにお別れになってしまった。

仕事上の手紙のときは長い手紙を書いていたけれど、私たちの私信はいつもはがきだった。私は字が大きかったり、書くことをきちんと言葉を考えず書きはじめては、最後の方が小さな字になってしまった

り、はみ出してしまったり、みっともないことが多くて、はずかしいものになってしまうのが常だった。はずかしいと思う理由は、清川さんのはがきは、いつも、ぴたりと文字が納まっていて、立派だったからだ。

お互い、別々の仕事をしてきたし、性格もちがっていたけれど「八十歳になってからもお友達はできるのね」と、いくどか話し合ったほど、いいおつきあいだった。

それは同じ時代を生きた、女性がものを書くことを仕事としてきたための、きびしさや喜びを知っていたからかもしれないと思う。

清川さん、私も間もなくそちらの世界のお仲間になると思います。また、おめにかかれる日を、と思っています。

（よしざわ　ひさこ）

また　ごいっしょにランチをね。

初出

〈壱〉

○「しんぶん赤旗」二〇一三年八月二日付～一四年一一月一四日付まで月一回

連載「心ときめきするもの――学び直しの古典」（一四年四月は休載）

○対談「古典の縁で結ばれて」「しんぶん赤旗」一二年四月一三日付

〈弐〉

○九二歳・楽しい日々『女性のひろば』一三年八月号～一四年五月号

○九三歳・楽しい日々『女性のひろば』一四年七月号～一五年一月号

楽しき日々に——学び直しの古典　参＊目　次

〈弐〉

カバー・文中挿画＝首藤教之
装丁＝宮川和夫事務所

壱

『伊勢物語』筒井筒

愛を取り返した女

筒井筒《つついづつ》という言葉をご存じだろうか。辞書をひいてみると、幼なじみ、幼い男女の遊び仲間と出ている。

実はこれ、平安時代の歌物語『伊勢物語』から生まれた言葉である。

□■□

昔、隣り合う地方官の家に住む、幼い男の子と女の子がいて、いつも仲良く井戸の傍らで遊んでいた。二人ともだんだんおとなになると、お互いに恥じらう気持ちも出てきたが、男はこの少女を妻にしたいと思っていた。女の方も、この男を夫にしたいと思っていて、親の薦める縁談にも耳を貸さなかった。

隣の男はこんな歌を女に贈った。

　筒井筒井筒にかけしまろがたけ過ぎにけらしな妹見ざるまに

筒井とは筒のように丸く掘った井戸。井筒とは井戸の周りに設けた円形の囲い。

幼い頃、よく井筒の高さと背比べをしていた私の身長も、あなたを見ないでいるうちに、井筒の高さをすっかり越してしまったよ。

女もまた、次のような歌を返した。

　くらべこし振分髪も肩すぎぬ君ならずして誰かあぐべき

あなたと長さを比べ合ってきた振り分け髪も肩を過ぎるまで伸びてしまいました。もう髪上げをする婚期になりました。夫と心に決めたあなた以外の誰のために髪上げをしましょうか。結婚したいのは、あなた以外に誰もいません。

これはまことに決然とした愛の表示。女の側からのプロポーズなのだ。

こんな愛の歌を交わし続けた二人は、幼い日からの望み通り、夫婦になった。だが何年かたつうちに、この幼なじみ夫婦にも愛のかげりが出てきた。女の親が亡くなり、暮らし向きが不如意になってきたのだ。

男は考えた。貧しい女と一緒にいても共倒れになるかもしれない、と。そして、河内《かわち》の国、高安《たかやす》というところに新しい女をつくり、そこに通い始めた。もとの妻は別にいやな顔もせず、男を出してやった。変だなあ、と男は思った。もしかしたら、他の男でもできたのではないか。でなければ、あんな平気な顔でいるわけはない……。

男は河内に行くふりをして途中で引き返し、庭の植え込みの陰に隠れ、妻の様子をうかがった。

この女、いとよう仮粧《けそう》じて、うちながめて、

風吹けば沖つ白浪《しらなみ》たつた山夜半《よは》には君がひとりこゆらん

と詠みけるを聞きて、限りなくかなしと思ひて、河内へも行かずなりにけり

妻はきれいに化粧して、もの思いにふける様子で、こんな風の吹く寂しい龍《たつ》田山《たやま》をただ一人、あなたは越えていくのだろうか。危険なことはないかしら、と詠んだのだ。〈限りなくかなしと思ひて〉とは、この上もなくいじらしくいとしい、という男の深い哀憐の思いである。

貧しい暮らしの中で、妻の顔も、その心も、しみじみと見ることもなかった日々。だが、男は今日、立ち止まり、妻の心の中までのぞきこんだのだ。幼い日からの思い出、交わした恋の歌。すべてがこの一瞬に凝縮されて、男の心を強くたたいた。まじまじと見る妻の、少し面やつれしたものの若き日に変わらぬ美しさ。いささかも変わらぬ真情。自制と自信のある女なのだ。ああ、おれは貴いものを失うところだった。男の目は覚めた。

□■□

段の後半は、男と河内の女の後日談。河内に行かなくなった男が、随分久しぶりに来てみると、化粧もせず、気のゆるみきった様子。しゃくしで茶碗に飯を大盛りに盛っているのを見ると、ゲンナリして行かなくなった。その後、女の方からこんな歌が来た。

　君来むといひし夜ごとに過ぎぬれば頼まぬものの恋ひつつぞふる

また来ると言って口先ばかりのあなた。いつもいらっしゃらないものだから、もう当てにはしませんけれど、恋しく思っています。

河内の女から見れば、いい加減な薄情男だろうけれど、彼女は、この歌一つとっても心の張りに乏しい。もう当てにはしませんけれど、などと言ってはだめなのだ。

自分を大事にしてくずれぬ女と、くずれてしまう女。化粧をポイントにして書かれているのがおもしろい。

『雨月物語』菊花の約

信義を貫く透徹した志

江戸中期の国学者・作家の上田秋成《うえだあきなり》が著した『雨月物語《うげつ》』は、九つの短編すべてが怪異をテーマとしていて、日本の怪異小説の最高峰とされる。その中から、季節にちなみ「菊花《きつか》の約《ちぎり》」を紹介しよう。

□■□

播磨《はりま》の国、加古の宿に丈部《はせべ》左門という学者がいた。老母との二人暮らしだったが、志高く、清貧に甘んじていた。ある春の日、彼は知人の家を訪ね、そこで病に苦しむ旅の武士、赤穴《あかな》宗右衛門を見て、惻隠《そくいん》の情を抑えきれなかった。

手厚く介抱し、やがて家にも連れ帰り、癒えさせた。真心で結ばれあった二人は義兄弟の盟をし、夏、再会を固く約束し、赤穴は故郷の出雲《いずも》へと帰っていった。

　重陽《ここのか》の佳節をもて帰りくる日とすべし

それが、兄・赤穴の言葉。重陽とは陰暦九月九日の節句。菊の節句とも言う。

「兄上、決してこの日をお間違えなく。一枝の菊花に粗酒を添えてお待ちしますから」

左門は念を押した。

　あらたまの月日はやく経ゆきて、下枝のぐみ色づき、垣根の野ら菊艶《にほ》ひやかに、九月《ながつき》にもなりぬ

物語の各所に散らされる、季節の推移の簡潔で色彩鮮やかな描写が印象的だ。

約束の九月九日。左門は常よりも早く起きて家を丁寧に掃除し、黄菊白菊を二枝、三枝、小さな花瓶にさし、財布の底をはたいて酒肴《しゆこう》の用意をした。

その日は空も晴れ、左門の家の前の道にも旅人が群れて通る。左門は一日中戸外に出て、彼らの中に兄の姿を求めた。だが、日が暮れ夜になっても赤穴の姿は見えぬ。母は息子をなだめて言った。

「来ると約束した菊の咲く日は今日だけとは限らない。赤穴に真心があれば、たとえ時雨《しぐれ》の季節になっても、なんの恨みに思うことがあろう」

左門は母を寝かせ、自分はなおもあきらめきれず、もしかして、と再び戸外に出た。

□■□

銀河影きえぎえに、氷輪我のみを照らして淋《さび》しきに、軒守る犬の吼《ほ》ゆる声すみわたり、浦浪《うらなみ》の音ぞここもとにたちくるやうなり。月の光も山の際《は》に陰《くら》くなれば、今はとて戸を閉《た》てて入らんとするに、ただ看《み》る。おぼろな

NS

る黒影《かげろひ》の中に人ありて、風の随《まにまに》来るをあやしと見れば赤穴宗右衛門なり

ここの描写は神技と言えるほど。怪異の雰囲気が皮膚感覚をもって迫ってくる。声に出して読めば、さらに幻想美は濃くただよう。

左門は躍りあがる心地に喜び、「お待ちしていました。さあ、さあ、お入りください」と言っても、赤穴はただうなずくばかり。客間に招じて、酒の燗《かん》をし、肴《さかな》を並べて勧めたが、赤穴はなぜか袖で顔を覆い、その匂いを避ける様子。左門は重ねて言った。「貧しい手料理ですが、これでも私は真心をこめました」。

赤穴は黙ってため息をつき、やがて、やっと口を開いた。

「弟のあなたが真心をこめたもてなしを、なんで辞退などしよう。驚いてはいけない。実は私はこの世の人間ではないのだ」

国に帰った赤穴は知った。恩義をこうむった主君亡き後の新しい藩主は、仕えるに値せぬほどの愚かな人物。国を去ろうとしたが、藩主に仕える従兄の赤

穴丹治に幽閉されてしまった。

魂よく一日に千里をもゆくと。このことわりを思ひ出でてみづから刃《やいば》に伏し、今夜陰風《こよひかぜ》に乗りてはるばる菊花の約に赴《つ》く

赤穴は自ら命を絶ち、魂となり、冥土《めいど》からの風に乗って来て、約束を果たしたのだ。「母上によく仕えて」とだけ言い残し、座を立つと、そのままかき消すように見えなくなった。

左門は母を富家に嫁いだ妹に託し、夜を日に継いで出雲に行き、赤穴丹治を一刀のもとに斬り捨て、どこへともなく立ち去った。

信義を貫く透徹した志に殉じ、わが命さえ捨てる人はこの世にはいそうもない。秋成は亡霊にことよせて、それを成就させたのか。漢文、日本の古典の教養あふれる彼は、知的な読者を意識して、文学的香気高いこの作品を書いたと思う。

『万葉集』秋の歌

深い森をそぞろ歩けば

万葉の森は深い。なにしろ四五一六首の歌があるのだから。全巻、通読はしているのだが、忘れているものもある。折にふれて、森をそぞろ歩き、感動を新発見したり、すばらしさを再確認したりするのは楽しい。今月は巻十に秋を探してみた。

□■□

蔭草《かげくさ》の生ひたるやどの夕影に鳴くこほろぎは聞けど飽かぬかも

「蟋蟀《こほろぎ》を詠む」という詞書《ことばがき》の歌。「蔭草」とは、物陰に生えている草。集中、この言葉はここだけ。蔭草が茂っている庭先の、夕方の微光の中で鳴いているこおろぎの声は、聞いても聞いても聞き飽きない。蔭草という言葉も独創的だが、夕暮れのかすかな光の中にたたずんで、草の茂みの中から聞こえてくるこおろぎの声に耳を傾けている作者の姿が哲学者めいたイメージで、いつまでも目に残る。

次は「鳥を詠む」歌。

秋の野の尾花が末《うれ》に鳴くもずの声聞きけむか片聞け我妹《わぎも》

えっ、こんなおもしろい歌があったの、と思って読んだ。

「尾花」はすすき。「片聞け」はよく聞けという意味。秋の野のすすきの穂先で鳴くもずの声を聞いたことがあるかい？　今鳴いていったのがそうだよ。よく聞いておきなさい。

男性の歌。彼は妻と二人で秋の野に来て、すすきの穂先に鳴くもずの鋭い声を聞き、すかさず妻に教え、「しっかり聞いておけ」と念を押しているのであ

る。

日本最古の歌集の中に、まるで現代の若夫婦に重なるような歌も隠れているのを見つけたのは、楽しい驚きであった。

□■□

もう一首、仲良し夫婦の歌を紹介しよう。「露を詠む」歌。

　わがやどの尾花押しなべ置く露に手触れ我妹子落ちまくも見む

わが家の庭のすすきを押し伏せて置いているこの露に、お前、ちょっと手を触れてごらん。露のこぼれ落ちる様子も見ようよ。

次は「山を詠む」歌。


　春は萌《も》え夏は緑に紅《くれなゐ》のまだらに見ゆる秋の山かも

春は芽吹きの色に、夏は緑に、それぞれに美しいが、今は濃淡入り混じった紅のまだら模様に見える秋の山の、なんとすばらしいことだろう。

ただそれだけの歌じゃないの、という人もいそうだが、この単純明快で、しかも、いかにも山を愛してやまぬ呼吸が、私は好きだ。初めてこの歌に接した時から、童話絵本の一ページを見るような気もして、忘れ得ない。

山に囲まれた奈良の都に住む人の歌か。青春時代の四年間を女子学生として奈良に過ごした私にも、この喜びは深く共感できる。

□■□

最後に大好きな歌をご紹介。「草に寄す」歌だ。

道の辺の尾花が下の思ひ草今さらさらに何をか思はむ

思い草とは、すすきの根に寄生する南蛮ギセル。秋、花軸の先に淡紫の花を開く。形がパイプに似て、なんだかうなだれて物思いにふけっているようにも見えるところから、思い草と名づけられたのか。

道のほとりに生い茂るすすき。その下蔭に思い草が今日もしょんぼりと首を垂れている。失恋でもしたのか。おれはお前とは違うぞ。今さら、あの子のことなんか思い出して、恋々としたりするもんか。

これも絶対男の歌だ。男は仕事でいつも同じ道を通るのだろう。いつものすすきの茂み。その蔭に、昨日も今日もうなだれている思い草。男は自分だって心の痛みをかかえているのだが、きっぱりと自分に言い聞かす。今さら思っても仕方のないことは、もう決して思わんぞ、と。今さらさらに。この個性的表現の強烈な印象。私はこの歌の大ファンである。

万葉の秋の森の散歩で出合ったユニークな五首。みんな作者未詳の歌である。

『宇治拾遺物語』

「厚行、死人を家より出す事」

鎌倉初期の説話集『宇治拾遺物語《うじしゅうい》』は、多彩なおもしろい話が分類されることなく、次々に展開されていく。今月はその中から「厚行、死人を家より出す事」という個性の魅力に満ちた話を選んで紹介しよう。

□■□

〈昔、右近将監下野厚行《うこんのしょうげんしもつけのあつゆき》といふ者ありけり〉と話は始まる。天皇や皇族に近侍して随身としてお供し、朱雀院《すざく》や村上天皇の時には働き盛りのすぐれた家来として、世間にも認められていた男である。

厚行の隣に住んでいた人が急死したので、彼は弔問に行き、故人の子に会い、亡くなった様子などをいろいろ尋ねて、お悔やみを述べた。すると、その子はこう言った。

この死にたる親を出さんに、門《かど》悪《あ》しき方に向かへり。さればとて、さてあるべきにもあらず。門よりこそ出すべき事にてあれ

死んだ親を送り出したいのですが、家の門が悪い方角に向いています。そうだからといって、そのままにしておくわけにもいかず、やはり門から出さなければなりません。

□■□

門の方角が陰陽道《おんようどう》にいう鬼門か裏鬼門にあたっていて、出棺には不吉な方角なのであろう。

それを聞いて、厚行は答えた。

「悪い方角から出せないという気持ちもよくわかります。それなら私の家との

NS'13

境の垣根を壊して、そこからお出ししましょう。亡き人のご存命中は大変お世話になりました。せめてこういう時にご恩にお報いしなければ」

故人の子どもは慌てた。

「それはいけません。死んだ人もいない家から出棺するなんて。たとえ不吉な方角でも私の家の門から出します」

「いやいや、私の家からお出ししましょう」

厚行はわが家に帰り、妻子に事情を説明した。今度は妻子たちが慌てた。

「不思議なことをなさるおやじ様。行いすました聖人でも、そんなことはしません。いくらわが身を考えないからといって、自分の家の門から隣の死人を出す人が世の中にありますか。まったく、とんでもない事ですよ」

皆が口をそろえて言うのを厚行は、まあ、まあと抑えて、次のように言った。

「物忌みし、くすしく忌むやつは、命も短く、はかばかしき事なし。ただ

「厚行、死人を家より出す事」

物忌まぬは、命も長く子孫も栄ゆ。いたく物忌み、くすしきは人といはず。恩を思ひ知り、身を忘るるをこそは人とはいへ。天道もこれをぞ恵み給ふらん。よしなき事なわびそ

いろいろな事を禁忌にし、なんだかんだと細かく気に病む人は、命も短く、たいした人生も送れない。禁忌など思わず、細かいことを気に病まない人は、長命で子孫も栄える。やたらに気にする人はまともな人間とは言えない。恩を知り、わが身を忘れて人のために尽くす人こそ、本当の人間なのだ。天の神もこういう人に恵みをくださる。つまらん事にくよくよするな。

厚行はこう言った後、召し使いたちを呼んで、隣との境の垣をすっかり壊し、わが家の門から死人を運び出させた。

□■□

厚行が家人に述べ立てた言葉に、私は目を見張った。平安の当時、暮らしの隅々までさまざまな禁忌が横行し、人々は迷信にがんじがらめになって生きて

いた。だが、この一介の役人はなんと現実的で合理的な明るい目を持っていたことだろう。しかもそれに合わせて、人間として大切なのは人を愛し、恩を知ることだと言い切る。現代にも立派に通用する名言だと思う。

宇治拾遺は、厚行の言行の後、こんなコメントを付け加える。

このことが世間に伝わると、上司の人々も皆、驚きあきれながらも褒めたたえた。厚行は九十ばかりの長寿を保ち、子孫に至るまで皆長命。たくさんのいい仕事をした、と。

会話を連ねてわかりやすい宇治拾遺の文章。作者も、この厚行に共感しているのが読者の心に伝わってくる。

井原西鶴『西鶴諸国ばなし』

「大晦日はあはぬ算用」

年の暮れの今月は、江戸中期の大阪の流行作家、井原西鶴の『西鶴諸国ばなし』の中から「大晦日《おおつごもり》はあはぬ算用」をお伝えしよう。彼が取材旅行で収集した諸国奇談の中の一編である。

□■□

正月用の品々の売り声も忙しい年の暮れ。所は江戸のはずれの品川。はや餅をつく家の隣に原田内助という浪人者が住んでいた。

二十八日まで髭《ひげ》もそらず朱鞘《しゆざや》の反《そり》をかへして、「春まで待てといふに是

非に待たぬか」と、米屋の若い者をにらみつけて、すぐなる今の世を横に
　わたる男あり

真っすぐな世を横に、無法を通して渡る男である。貧しさのどん底で迎えた暮れに、彼は女房の兄の医者に無心の手紙を出した。医者は金子十両を包み、「貧病の妙薬、金用丸よろずによし」と書いて送った。

内助は喜び、日頃特に親しく交際している浪人仲間に「酒を一献さしあげたい」と呼びにやると、現れたのは七人の客。

　いづれも紙子の袖をつらね、時ならぬ一重羽織、どこやら昔を忘れず……

紙子とは厚紙に柿渋を塗り、日にさらし、もみぬいた貧しい人の冬の着物。それになんと冬なのに夏羽織。仕官していた昔を忘れることなく、一応身なりを調えて一同は来たのである。

□■□

客たちが披露された小判を手に取って「あやかりたいもの」と回すうちに酒

宴は続けられ、さてお開きという時になって小判を集めると、十両あったうちの一両が足りない。主人は「一両はある所に支払ったので、私の覚え違い」と言ったが、「いや、確かに十両あったのに不思議だ。まずはわが身の疑いを晴らすために」と正客が帯を解けば、次なる客もそうした。

それまで渋い顔をして何も言わなかった第三の男は居ずまいを正し、「浮世にはつらいこともあるもの。昨日、彫金をした小刀を売り、たまたま一両持ち合わせたことが身の不運。思いもよらぬことで一命を捨てることになった。私自害の後、よくお調べくださり、汚名をすすいでほしい」と言いも終わらぬうちに刀の柄に手をかけて抜こうとする。と、その瞬間、誰か分からぬが、「小判はここにあり」と丸行燈《まるあんどん》の陰から投げ出した者がある。

一同、「だから、念には念を入れよなのだ」と言い合っているその時、台所から内助の女房の声。

「小判はこの方へまゐつた」と、重箱の蓋《ふた》につけて座敷へ出されける

料理の中に山芋の煮しめがあって、その湯気で小判は蓋についたのだ。小判は十一両になった。主人は「座中のどなたかが、ご自分の小判を出されたのに違いない。この一両は持ち主にお返ししたい」と言うのだが、誰一人名乗り出る者はなく、一番鶏が鳴く頃になっても皆は帰ることができない。主人は一計を案じた。小判を一升枡《ます》に入れて、庭の手水鉢《ちょうずばち》の上に置き、「小判の持ち主は取ってお帰りください」と一人ずつ帰した後、その中を見ると、小判はなくなっていた。

　　あるじ即座の分別、座なれたる客のしこなし、かれこれ武士のつきあい
　格別ぞかし

□■□

主人のとっさの知恵、座なれた客のふるまい、どちらも見事。武士の交際は特別なものだと、西鶴は神妙に感心している。

娘時代、私も西鶴の結びの言葉に同感した。語りの展開のおもしろさ、重箱

の蓋についた小判という意外性も印象に残った。

だが、このたび、よく目を凝らして読み直してみれば、書き出しの〈朱鞘の反をかへして〉という言葉が浮き上がってきた。朱塗りの鞘の刀をさしたしゃれ者。いつでも抜くぞと構えてみせる脅しの怖さ。実は内助は世に言う六法《ろっぽう》者《もの》。アウトローなのである。招かれた客も彼の仲間。してみると、町人には身分差別も露骨に無法を通し、仲間内では格別に義理を重んじているのである。西鶴はそれを声高には言わないが、〈朱鞘の反をかへして〉の一言に、彼のユーモアと皮肉は軽妙に光っている。

『万葉集』

馬と越中守時代の大伴家持

うま年にちなみ、なにか馬にまつわる古典は、と探し読みしていたら、『万葉集』の大伴家持《おおとものやかもち》の越中守《えっちゅうのかみ》時代の暮らしのなかに、哀歓こもごもの馬のエピソードが散っているのを発見。紹介したくなった。

□■□

大伴家持は天平十八年、二十九歳の働き盛りで越中守として、越中の国府（今の富山県高岡市）に単身赴任した。奈良山を越え、泉川《いずみがわ》（今の京都府南部の木津川）まで、二十七歳の弟、書持《ふみもち》が送ってきた。二人は泉川の河原で馬をとどめ、別れのあいさつを交わした。だが、これが一生の別れになるとは——。泉川の別れは七月。その日から二カ月もたたぬ間に、最愛の弟、書持は急逝したのだ。

「長逝せる弟を哀傷《かな》しぶる歌」という長歌の切々たる思いは身に染みる。

（前略）あをによし　奈良山過ぎて　泉川　清き河原に　馬とどめ　別れし時に　ま幸《さき》くて　われ帰り来む　平らけく　斎《いは》ひて待てと　語らひて来し日の極み（後略）

兄と弟が馬をとどめて、水面きらめく泉川のほとりで別れを交わす風景は、家持の目に映像としてくっきり残っていたにちがいない。「無事で私は帰ってくる。お前も身を慎んで私の無事を祈ってくれ」と言った家持自身の言葉もまだ耳にある。

だが、長歌の後半はガラリと悲しみに変わる。

（前略）はしきよし　汝弟《なおと》の命《みこと》　なにしかも　時しはあらむを　はだすす

き　穂に出づる秋の　萩《はぎ》の花　にほへるやどを　朝庭に　出て立ちならし
夕庭に　踏み平らげず　佐保の内の　里を行き過ぎ　あしひきの　山の木《こ》
末《ぬれ》に　白雲に　立ちたなびくと　われに告げつる

ああ、なんとわが最愛の弟は、すすきの穂、萩の花の美しいお前の庭を朝夕に眺め楽しむこともなく、佐保の里を通り過ぎ、山のこずえの先にも雲となってたなびいていると、文使いは言うのか……。

万葉の挽歌《ばんか》の中の光る名歌ともいえるこの長歌には、こんな反歌も添えられている。

　かからむとかねて知りせば越の海の荒磯の波も見せましものを

こんなに早く死ぬと前々からわかっていたなら、海を知らぬお前に、この越の海の荒磯に打ち寄せる波を見せてやるのだった。この思いは越中守五年間の在住中、家持の胸に絶えず去来していたことだろう。

□■□

国府には、都時代の親しい歌友、大伴池主もいた。彼を交えて、家持は国府の官人たちと馬を並べて、美しい風景の各所に遊んだ。布勢《ふせ》の湖に遊んだ時の風景と親睦の楽しさも印象的である。

もののふの　八十伴《やそとも》の男の　思ふどち　心遣らむと　馬並《な》めて　うちくちぶりの　白波の　荒磯《ありそ》に寄する　渋谷《しぶたに》の　崎た廻《もとほ》り（後略）

視察のため、国を巡行することの多かった家持。次の光景は、北国の春の雪解けの様子をキャッチして、活気あふれる映像となっている。

立山の雪し来らしも延槻《はいつき》の川の渡り瀬　鐙《あぶみ》浸かすも

立山の雪が溶けてやってきたのであるらしい。この延槻川の渡り瀬でも、増えた水かさが馬の腹近くまで浸して、鐙もすっかり水に浸かってしまった。

□■□

都から、妻の大伴坂上大嬢《さかのうえのおおいらつめ》の母で、家持には叔母にあたる坂上郎女《いらつめ》から、おもしろい歌が来る。

片思《も》ひを馬にふつまに負ほせ持て越辺に遣らば人かたはむかも

私の片思いを馬にどっさり背負わせて、越辺にやったら、誰か手助けしてくれるかな。

家持もまたジョークで返歌した。

常の思ひいまだやまぬに都より馬に恋来ば担ひあへむかも

常日頃の恋だって収拾がつかないのに、この上、都からどっさり恋なんか来たらどうします。この私だけでは背負いきれませんよ。

坂上郎女は、娘と自分の思いをともに込めて、この歌を贈ったのだと思う。任期を終えて都に帰った家持は、心ならずも政争に巻きこまれ、孤の世界に沈みこむことが多かった。

馬に乗って巡行する日々を楽しんでいた良吏の家持にとって、越中時代は幸せな時代であった。

狂言「靭猿」

笑いの中に描く人間洞察

狂言集を読んでいたら、初めて読んだ「靭猿《うつぼざる》」に深い魅力を感じた。靭を背負い弓矢を持った大名が、太郎冠者《かじゃ》を従えて登場する。靭とは矢を入れて背負う道具である。

「遠国《おんごく》に隠れもない大名です。ながなが在京致すところ、心が屈して悪《あ》しうござるによつて、今日はどれへぞ遊山に出《で》うと存ずる。まず太郎冠者を呼び出《い》だし談合至さう。ヤイヤイ太郎冠者、居るかやい」

「お前に」

狂言の大名は田舎から訴訟のため、上京して滞在しているという設定が多い。この大名も退屈してどこかに出かけたくなったのだ。

□■□

両人がぶらぶら歩いているうちに、竹杖《たけづえ》を持ち、猿を追いながら登場した猿引に会う。

「サアサア、猿《まし》。ちゃっと行け。ちゃっと行け」

「キャアキャアキャアキャア」

猿は猿の面をつけた着ぐるみで、子役が初出演する時のお決まりの役という。

大名は太郎冠者に言いつける。

「猿引《さるひき》に初めて会うて馴《な》れ馴れしうはあれど、ちと無心があるが聞いてくれうか、と問うてこい」

最初は下手に出たが、実は大名の本音はこうである。

「そちも知る通り、この掛けた靫を内々猿皮靫《さるかはうつぼ》にしたうは思へども、いまだ似合はしい猿の皮がなさにえせぬ。見ればあの猿は大きうもあり、殊に毛並もよいによつて、皮を貸せ、靫に掛けたいと言へ」

この言葉を太郎冠者に告げられた時の、猿引の怒りはすさまじい。

「こなたもよう思うても見させられい。この猿《まし》は生きてをりまするぞ。皮をはげば、たちどころに命が失せまする。いかにお大名ぢやと申して、そのやうな無体なことは言はぬものぢや、とおしやれ」

猿引は大名にも激しい言葉で抗議する。ついに大名は「目に物見せてやる」と矢をつがえ、弓を引きしぼり、猿と猿引を共に射ようとする。

猿引もいまは観念した。そこを打てば杖一本で猿の命が絶える箇所を知っている。そうするほかはない。猿引はじゅんじゅんと猿に因果を含める。猿をそばに引き寄せ、杖を片手に、

「猿よ。こちへ来い。汝畜生なれど、今身共《みども》の言ふことをよう聞けよ。そちは

小猿《こざる》の時より飼ひ育て、いろいろと芸能を教へ、今では汝が陰で妻子とも楽々と身命《しんみよう》をはがくむところに、某《それがし》が運こそ尽きたれ（中略）恥づかしながら、背に腹は替へられいで、今汝を打つほどにの、必ず必ず草葉の陰から某を恨みとばし思うてくるるな。猿《まし》よ。今が最期ぢや。今打つぞ。エイ」

杖を振り上げ、猿を打とうとすると、猿はその杖を取り、舟を漕《こ》ぐしぐさをする。それを見て、猿引は泣きむせぶ。

「猿《さる》を打たいで、何を吠《ほ》ゆる」

大名の言葉に、猿引は猿を抱きしめ、泣きながらかき口説く。

「畜生の悲しさは、今おのれの命《めい》の失する杖とも知らず、打つ杖をおっ取って、例の舟漕ぐ真似《まね》をせよと心得、舟漕ぐ真似を致しまする。あの体《てい》を見ては、たとえ、さ、猿引もろとも射てとらせられうとあっても、さ、猿においては打つことはならぬと仰せられい」

そばに寄って聞いていた大名は、思わず弓矢を落とし、両手で顔を覆って泣く。そして、こう言うのだ。

「猿の命は助くる。打つな」

□■□

この後、場面はいとも明るく展開。猿引の提案は鮮やかだ。

「かかるめでたき折柄なれば、御前で猿に舞はせたうござる」

猿引が各地民謡の祝言歌を歌うのに合わせて、嬉々として猿は舞う。驚いたのは大名の変貌ぶり。刀、小袖、裃《かみしも》まで猿引に与え、自分も猿と一緒に舞う。

春日ののどかな雰囲気みなぎる中に舞台は閉じられ、後味がいい。傲岸《ごうがん》、横柄に見えた大名も、実は無邪気な、おおらかな、愛すべき性格であった。

中世に発生した庶民喜劇の狂言は、簡素な舞台、少人数の登場人物、わかりやすいせりふで親しみやすい。そして、笑いの中に鋭い人間洞察もこめている。上演場所と日を調べて、ぜひ見に行きたい。

『新古今和歌集』春歌上

雪残る春の叙情世界

選びぬかれた言葉で技巧を凝らして詠みあげられた叙情豊かな歌の世界。鎌倉時代、後鳥羽上皇の院宣によって作成されたこの勅撰《ちよくせん》集には、優婉《ゆうえん》、繊細な春の歌があるはず、と開いてみると、今の季節によく似た雪の残る春の歌が多いのでうれしくなった。その中から六首ご紹介しよう。

□■□

み吉野は山もかすみて白雪のふりにし里に春は来にけり　摂政太政大臣
（藤原良経）

新古今集の巻頭歌。み吉野は里も山もかすんで、先頃まで雪の降っていたこの古京にも春が訪れた。

新古今の撰者たちがこの歌を巻頭に置いたのは、作者の地位の高さではもちろんなく、この歌の品の良さと、古代への尊敬と郷愁に共感したからであろう。吉野は昔、離宮のあったところ。雪が深いことで知られる。ふりにし里は、古りと降りの掛けことばだが、その技巧も歌の中に溶け込んで、なだらかな懐かしい調子を出している。


山ふかみ春とも知らぬ松の戸にたえだえかかる雪の玉水　式子《しよくし》内親王

深い山の中なので、春が来たとも気づかないわび住まいの松の戸に、とぎれとぎれにしたたり落ちる輝く玉のような雪解け水よ。

雪の玉水という言葉の美しさ。松の戸は、松の木で作った粗末な戸と、恋人を待つの掛けことば。長かったわびしい一人住まいにも春が来て、恋しい人も訪れてくれるか、と叙景の中に恋の思いが秘められている。

NS

□■□

かきくらしなほふる里の雪のうちに跡こそ見えね春は来にけり　宮内卿

式子内親王と肩を並べる女流歌人。空をかき曇らせて、冬と変わらず雪の降るこの古京に、恋人のように足跡は見えないけれど、春はひっそりと訪れてくれていたのね。失った恋のさびしさを歌った気配がある。

谷川のうち出づる波も声たてつうぐひすさそへ春の山風　藤原家隆

家隆は新古今撰者の一人。谷川の氷を破って勢いよく流れ出る白波も声をたてている。さあ、お前も鳴けよ、とうぐいすを誘い出しておくれ。春の山風よ。

おもしろい感覚を持った歌。波の白は視覚。波の音、期待するうぐいすの声は聴覚、そして、頬にさわる春の山風は触覚。

うぐいすには、よみ人しらずのこんな歌も。

梅が枝に鳴きてうつろふうぐひすの羽しろたへにあわ雪ぞ降る

梅が枝の間を鳴きながら飛び移っていくうぐいすの、羽も真っ白になるまで、春の淡雪が降っている。

飛び移るうぐいすの動き。霏霏《ひひ》と降る雪の動き。その躍動感がみごとである。うぐいすの緑と茶と黒のかかった背の色と雪の白さ。この色彩感もモダンだ。

□■□

三島江《みしまえ》や霜もまだひぬ蘆の葉につのぐむほどの春風ぞ吹く

左衛門督通光《さえもんのかみみちてる》

三島江は大阪府高槻市の淀川沿い。三島江の霜もまだ乾かぬ葦《あし》の枯れ葉に、よくよく見ると、若芽が角のように小さく芽ぐむほどの春風が吹いているよ。

〝つのぐむ〟という言葉を日本国語大辞典でひいてみた。

〝草木の芽が角のように出始める。葦、荻《おぎ》、薄《すすき》、真菰《まこも》などについていうことが多い。めぐむ〟

つのぐむ。なんと観察の細かいことか。童心のこもるかわいい言葉でもある。

『枕草子』の清少納言は、「人が興味を示さないようなものにも、必ずいいところがある。梨の花だって愛嬌《あいきょう》のない花だと人は見向きもしないけれど、見るぞという意志を持ってじっと見つめると、はなびらにかすかなピンクを潜めている」と、〝せめて見る〟ことの大切さを強調している。

新古今を、貴族階級の高踏的な歌だと敬遠しないで、こうして一首ずつ読みたどっていくと、作者それぞれの個性が底光りしている。優婉《ゆうえん》、繊細とひとくくりにはできないふところの深さがある。一人ひとりが心を刻んで、個の歌の世界を掘り下げようとしている努力が見えて、胸を打つ。

与謝蕪村「北寿老仙をいたむ」

哀しみにじむ叙情

この連載の第一回（『心ときめきするもの　学び直しの古典』所収）に、江戸時代中期の俳人、画家である与謝蕪村《よさぶそん》の「春風馬堤曲」を選んだ。春、毛馬川のほとりをやぶ入りに帰っていく若い娘に代わって詠んだ俳詩。俳詩とは和文体、俳句、漢詩などを駆使した詩的作品をいう。

□■□

その時から、もう一つの大好きな蕪村の俳詩「北寿老仙《ほくじゅろうせん》をいたむ」も、いつかぜひ紹介しようと思っていた。北寿老仙とは、当時の俳壇の大先輩、早見晋《しん》我《が》。北寿は彼の隠居号で、老仙は蕪村が呈した尊称である。晋我は七十歳で没し、蕪村はその時三十歳であったといわれるが異説もある。

和文体の、やわらかに伸びやかなリズムのこの作品を、まず「思い出の岡」の第一章から読んでみよう。哀しみにじむ叙情があなたを酔わせるだろう。

君あしたに去《い》ぬゆふべのこゝろ千々に
何ぞはるかなる
君をおもうて岡のべに行《ゆき》つ遊ぶ
をかのべ何ぞかくかなしき
蒲公《たんぽぽ》の黄に薺《なずな》の白う咲きたる
見る人ぞなき

——あなたは今朝この世を去ってしまった。この夕方、心は千々に乱れ、なぜあなたは遠いところに行ってしまったのかと納得できない。あなたを偲《しの》び、一緒にそぞろ歩いた岡に登って遊ぶ時、いつもに変わらぬ岡なのに、どうしてこんなに悲しい思いになるのか。たんぽぽは黄色に、なずなは白く咲いている。それを愛《め》でていたあなたはもうこの世にいないのだ。

第二章は折から聴く雉子《きぎす》のことば。

雉子のあるか　ひたなきに鳴くを聞けば
友ありき河をへだてて住みにき
へげのけぶりのはと打ちちれば
西吹く風のはげしくて
小竹原《おざさはら》真《ま》すげはら
のがるべきかたぞなき
友ありき河をへだてて住みにき
けふはほろゝともなかぬ

へげとは変化《へんげ》のこと。ここでは雉子が見たこともない異様なもの。つまり猟銃のことを言っている。

——どこかに雛子がいるのか。ひたむきに鳴いている。そのことばを聞けば「私にも河を隔てて住んでいた友がいた。ある日、異様な物音とともに煙がパッと散り、折から西風が激しく吹きすさんでいて、笹《ささ》や菅《すげ》の生い茂る原がざわめき、友はどこにも逃げる場所がなかった。河の向こうに住んでいた友は、きょうはもうほろろとも鳴かない」。

□■□

三章は、帰宅した蕪村の心の寂寥《せきりよう》が詠われる。

君あしたに去ぬゆふべのこゝろ千々に
何ぞはるかなる
我が庵《いほ》のあみだ仏ともし火もものせず
花もまゐりせずすご〱とたたずめる今宵は
ことにたふとき

——雛子の言葉は私の心にうち重なる。悲しみのあまり、わが草庵にまつる阿弥陀仏にともし火もともさず、花もさしあげず、夕闇の中にしょんぼりとたたずんでいると、阿弥陀仏のお姿がことに尊く思われる。

　雉子のことばを聴くところ、その発想の親愛感がほほえましい。秀抜でもある。人も鳥も、生きとし生けるもの、すべては愛する者の死を悼むのだ。

　リフレインを多用していることも心にくいテクニックだ。〈君あしたに去ぬゆふべのこゝろ千々に／何ぞはるかなる〉が二回。〈友ありき河をへだてて住みにき〉が二回。このリフレインは自然に覚えられて、胸に刻まれる。

　画家としても有名だった蕪村は、この俳詩の中にも色を散らしている。たんぽぽの黄。なずなの白。激しい風にざわめく笹原。菅原の中を逃げまどう雉子。薄暗い庵の中に尊く立つ阿弥陀像。

　それぞれの映像が読後も心に描かれる。

『古事記』石之比売の家出事件

劇画さながらの水三景

六月、水の月である。なにか水の場面の多い古典の物語は、と模索していたら……、あった。『古事記』の中の石之比売《いわのひめ》家出事件を描いたエピソードである。改めて学び直してみると、なんとヴィヴィッドで、場面展開の切れ味よく、役者もみんな個性派ぞろい。さながら一編の劇画を見るように感じられた。

□■□

第一景は海。仁徳天皇の皇后、石之比売は船に御綱柏《みつながしわ》を満載して、紀伊の国から、天皇の宮殿、難波高津の宮に帰ろうと海を北進していた。浮気心盛んな天皇も最近は身を慎んで、もめ事もないので、皇后も安心して、パーティー用の杯にする御綱柏を採りに紀伊に出かけたのだ。船はもう高津の宮に近い。侍女が乗った船は、皇后の船の後方を進んでいた。

その時、都の方から故郷の吉備に帰る小役人の船が、この顔見知りの侍女の船に近づき、にやにやしながら、こう語ったものだ。

「天皇はこの頃、八田若郎女《やたのわかいらつめ》を宮中に入れて夜となく昼となくお戯れだが、皇后はご存じなくて、まあ、のんきに葉っぱなんか採りに出かけちゃってさ」

これを聞いた侍女はすぐに船をひた漕ぎに漕がせ、皇后の船に追いつき、いま聞いたばかりの言葉をそのまま告げた。皇后はどうしたか。激しい嫉妬《しっと》で有名なこの方である。怒りの塊になった石之比売は、船に満載した柏の葉を残らず海に投げ捨ててしまった。難波の青い入り江に浮き沈みする柏の葉は、失意と懊悩《おうのう》に揺れ動く比売の心そのものに見えた。

□■□

第二景は川。高津の宮にはもう帰らない。船は難波の堀江をさかのぼり、山代川に沿って山代の国へ上って行った。川の辺に、輝くばかりに真紅の花をつけた椿の大樹があった。石之比売は歌う。

葉広ゆつまつばき
しが花の照りいまし
しが葉の広りいますは大君ろかも

広い葉を持つ神聖な椿よ。その花の真紅に照り輝き、その葉のあたりに広がり、つややかに光るのは、ああ、わが大君、あなたそのもの。

高津の宮を尻目にかけて、さっそうと家出したかに見えた石之比売の心中には、なおも一途《いちず》に夫を恋い慕う思いが秘められている。満開の椿の巨樹を背景に詠唱する比売。ここは劇中のハイライトである。

山代の筒木の宮で、この地の韓人《からひと》、奴理能美《ぬりのみ》が丁重に迎えてくれた。ところが高津の宮は大騒ぎ。皇后が家出しては宮中もおさまらぬ。天皇は口子《くちこ》という信頼する家来を使わして、皇后の帰りを促すことにした。天皇はこんな歌を贈った。

山代女《やましろめ》の育てた大根のように真っ白できめ細やかなお前さんの腕を枕にして寝たのはだれ。私ではないか。知らないとは言わせないよ。

□■□

第三景は豪雨。口子がこの歌を言上する時、一天にわかにかき曇り、豪雨となった。雨の中、口子が表口に平伏すると、皇后はツンとして裏口に行く。口子が裏口に回ると、今度は表口へ。そのとめどない繰り返し。口子は豪雨の中を這《は》い進み、水たまりの中に腰までつかった。彼の青い衣は、付いている赤い紐《ひも》の染め色が溶けて流れて、赤い衣になった。

皇后に仕える口比売という侍女は、実は口子の妹である。彼女は歌う。

山代の筒木の宮にもの申すわが兄《せ》の君は涙ぐましも

この歌が第三景のもの悲しいナレーションとなる。

口子の言上は功を奏さなかったので、奴理能美、口子、口比売は鳩首協議をして一計を案じた。

「皇后がお帰りにならないのは、奴理能美の家に珍しい虫がいるからだ。その虫は初めは這う虫だが、次には繭《まゆ》になり、そして飛ぶ蝶《ちょう》になる。天皇もどうかいらしてこの虫をご覧くださいませ」と伝えたのだ。

天皇はするりとこの計に乗った。皇后を迎えに行くのは、この手しかない。

ここからは原文にはないが、劇画仕立てにすると、第四景は川。山代川を下る船には天皇、皇后、口子、口比売と、奴理能美が献上した本邦初伝来の蚕も乗っている。川岸には、あの紅椿が満開を誇っているはずだ。

世阿弥「松風」

月光さえる詩劇の名品

謡曲「松風」は室町時代、世阿弥《ぜあみ》の作。古今集の在原行平《ありわらのゆきひら》の歌二首に素材を採り、配流《はいる》の行平に愛された姉妹の海女（汐《しお》汲《く》み女）を配して創作された劇である。

□■□

まず、その二首を紹介しておこう。

わくらばに問ふ人あらば須磨の浦に藻塩《もしお》垂れつつわぶと答えよ

詞書《ことばがき》には、行平がある事件に関わり須磨に流された時、宮中の人に送った歌とある。

もしたまさかにも私のことを問う人があったら、須磨の浦にわびしく暮らしているると伝えてくれ。

〈塩垂る〉は、しょんぼりとしおたれる、という意味だが、須磨という所柄から〈藻塩垂れつつ〉と詠んだのだ。

もう一首は——。


立ち別れ因幡《いなば》の山の峰に生ふる松とし聞かばいま帰り来む

行平が因幡守となって赴任する時のあいさつの歌。

今から皆さんと立ち別れ、因幡に行くけれど、その山の峰に生える松のように私を待つと聞いたなら、すぐに帰ってきましょう。

〈藻塩垂れつつ〉の歌から汐汲み女の姉妹、松風と村雨が生まれ、〈松とし聞かば〉の歌で、松風が行平を恋《こ》うひたすらな情念に展開する。

□■□

凝りに凝った原文をはさみながら、ストーリーをたどっていこう。

舞台正面、前方に据えられた松の立ち木が、この謡曲のテーマの象徴となる。秋。一人の旅僧が須磨の浦を訪ね、いわくのありそうな松を見つけ、そのいわれを浦の男に聞く。男は松風、村雨の旧跡と答え、弔いを勧めて去る。

汐汲車わづかなる浮世にめぐるはかなさよ。波ここもとや須磨の浦、月さへ濡《ぬ》らす袂《たもと》かな

松風と村雨の登場。粗衣を着て汐汲車を引き、わずかなこの世を生きていく身のはかなさよ。ここ須磨では、波だけでなく月も涙を誘い、袂を濡らすのだ。これは詩だという気がする。車、輪、めぐるは縁語。浮世と憂き世は掛けことば。〈月さへ濡らす〉は「源氏物語」須磨の巻の〈波ここもとに立ちくる心地して〉を連想させる。

月という言葉がこの曲の前半のいたるところに散らされ、舞台全体に月光さえわたる感がある。

月光さえる詩劇の名品

さしくる汐を汲み分けて、見れば月こそ桶にあれ。これにも月の入りたるや。うれしやこれも月あり。月はひとつ、影はふたつ、満つ汐の夜の車に月を乗せて、憂しとも思はぬ汐路かなや

ここも完全な詩だ。ひとつ、ふたつ、満つ（三つ）、夜（四）の芸の細かさにも目をとめよう。

□■□

塩焼き小屋に帰ってくる二人を見て、旅僧は一夜の宿を乞い、許される。僧が浦の男から聞いた話を口にすると、二人とも涙ぐみ「われらこそ松風、村雨の幽霊」と明かす。行平は三年前にこの世を去り、彼を恋い慕う姉妹ももうこの世にはない。愛された三年の日々の思いを語るうちに、松風の心は、亡き人への恋慕が狂おしいまでに高まり、彼の形見の烏帽子《えぼし》狩衣《かりぎぬ》を身につけ、松に向かって、こう叫びながら走り寄る。

あの松こそは行平よ。たとひしばしは別るるとも、待つとし聞かば帰り来

むとつらね給《たま》ひし言の葉はいかに

このあたりから月という言葉は消え、松がおびただしく散らされる。最後に、松風は僧に弔いを頼み、消えていく。曲の最後もまた、まさに詩で結ばれる。

帰る波の音の須磨の浦かけて、吹くやうしろの山嵐、関路の鳥も声々に夢も跡なく夜も明けて、村雨と聞きしも今朝見れば、松風ばかりや残るらん、松風ばかりや残るらん

「古今集」から想を得、「源氏物語」から言葉を採り、さまざまのテクニックを駆使したのは、ただ文を飾るためではない。こうすることによって、文章はふくらみ、濃くなり、陰影が深くなり、リズムも出てくる。

近松門左衛門の浄瑠璃「堀川波鼓《ほりかわなみのつづみ》」にも、ヒロインのお種が参勤交代で一年会えぬ夫恋しさのため、松に走り寄る狂乱の場面がある。名作は後の文学にも重なっていくのである。

『堤中納言物語』「はいずみ」

好対照の二人の妻

平安中期の短編小説集『堤中納言物語』から、ちょっと風変わりの一編をご紹介。

□■□

寂しい下京あたりに、身分の卑しくない男が、暮らしもはかばかしくない女をいとしく思って、何年も妻にしていた。ところがその男が、親しい男のもとをしばしば訪ねているうちに、その男の娘に思いをかけ、忍んで通うようになった。

親たちは「長年連れ添う方を持っておいでだが、こうなった以上はもう仕方がない」と許した。今の妻はこれを知って、自分は男と別れる運命と思うのだが、さりとて行き場所もない。

新しい通い先の親たちは男に「娘をどうしてくれますか」とやいやい言う。男は「娘さんを思う志だけは誰にも負けません。すぐにでもわが家にお連れします」と言い切った。「では、一日も早く」と親たちは強引だ。ああ、今の妻をどこにやろうか。男は悩みながら家に帰ってきた。

見れば、あてにこごしき人の、日ごろものを思ひければ、すこし面やせて、いとあはれげなり

改めて見れば、今の妻の美しさ。品があり、小柄のせいか、子どもっぽくてかわいらしい。この頃、もの思いがちなので、少し顔もやせていじらしい。

しかし男は後には引けない。「あちらの家を工事するので、しばらくの間、娘を預かってほしいと言っています。どうしますか」と、男の言葉もしどろも

どろ。

□■□

なんと無情な、と思うものの、その心を顔には出さず「私はどこにでもまいります」とさりげなく答えた。男が出かけた後、今の妻は召し使う女と差し向かって泣きに泣く。

「夫婦の縁なんてはかないものね。大原のいまこの家にでも行こうかしら」

「いまこ」とは、もと召し使っていた女だろうか。

今の妻は詳しい事は何も言わず、「今夜ちょっと出かける所がありますので、車を用意してください」と男に頼んだ。どこに行くのか、せめて見送りだけでも、と男は戻って来た。「車は都合が悪くて用立てられぬが、馬ならすぐに」という男の言葉を、「では、その馬を」と女は受けた。

馬に乗ろうと立ち上がった姿がまた男心を引く。

月のいと明きかげに、ありさまいとささやかにて、髪はつややかにて、

いとうつくしげにて、たけばかりなり

小柄な体の背丈ばかりの黒髪がつややかに月光に映える。女は少年の召し使いだけを供に、はるばる山里を指して行く。まだ夜中にもならぬ先に、いまこの家に着いた。その家のあまりの小ささに少年は驚き、「どんな所にお連れしたかと聞かれたら、なんとお答えしましょう」と言う。女は泣く泣くこう歌った。

いづこかに送りはせしと人問はば心はゆかぬ涙川まで

どこまで送ったかと人が聞いたら、心が晴れぬまま涙川まで行きました、と。

□■□

帰って来た少年からこの歌を聞くと、深く悔いた男は「夜中にならぬ先に」と、少年を案内に大原へと馬を急がせた。なんと小さなあばら家か。見るなり悲しくなって、男は戸を打ちたたき、女のそばに寄り伏して、泣く泣くわびを言う。

夜の明けぬ先にと、かき抱きて馬にうち乗せて往ぬ。おろして共に臥《ふ》しぬ

情感のにじむ筆だ。男は「こちらの人が病気になったので」と、新しい妻の来るのを断った。

ある日ふと、男は新しい妻の様子も見たくなり、昼間訪ねて行った。侍女の「あの方が見えましたよ」という声に、女は慌てふためく。くしの箱を取り寄せて、白粉《おしろい》をつけるつもりが間違えて、はいずみ（油煙で作った眉墨）を取り出し、鏡も見ず、指でこすりつけた。男が御簾《みす》をかき上げて入ると、女の顔は、

まだらにおよび形につけて、目をきろきろとしてまたたきゐたり

まだらに指の形に墨がついて、黒い顔に目だけがきょろきょろと瞬いていた。

男はあきれ驚き、見るのも忌わしく、「またまいります」と言うなり立ち去

った。新しい妻との縁はこれで切れた。

妻を二人持った男が、新しい妻に情が移り、もとの妻から去ろうとするが、この妻の方が、たしなみがよく、歌もうまく、新しい妻は男のいない所で素顔をさらけ出してしまう。この型のストーリーは、ほかの物語でもよく使われる。前半が悲劇、後半が喜劇。この抱き合わせが、おもしろさのポイントである。

『十訓抄』

人倫を侮らざる事

鎌倉時代の説話集『十訓抄《じっきんしょう》』を読み直して見つけた興味深い三編をご紹介。

「人倫を侮らざる事」――人間を見くびるな、という教えである。

第一は大江匡房《まさふさ》の若き日の話。彼は博学で知られる人であり、当時、蔵人《くろうど》の役にあった。痩せて、ひょろりと背が高く、いかり肩だった彼が、宮中をよろよろしながら歩くのを、女房たちはからかってやろうと思った。

御簾のきはに呼び寄せて「これひき給へ」とて和琴《わごん》を押し出しければ

御簾のすぐそばまで呼び寄せて、「これをお弾きください」と和琴を差し出した。和琴とは、日本古来の六弦の琴で、あずまごとも言う。匡房は打てば響くように、この歌で答えた。

逢坂《あふさか》の関のあなたもまだ見ねばあづまのこともしられざりけり

逢坂の関もまだ越えていない私は、それより向こうの東《あずま》のことも何も知らない若者です。

この意味に加えて、からかったのが若い女房だから、少し色恋の匂いもこめて「まだどなたとも男女の契りを結んでいませんので、吾《あ》が妻という者もおりません」という意を含ませ、おもしろい。女房たちは返歌することもできなかった。

□■□

次の一編は、気楽に宮仕えしている女房が、清水寺に参籠《さんろう》した時の話である。その局《つぼね》の前に、顔色が青白く、影のように痩せ細った尼がやってきて、物乞いをした。見れば、初冬の寒さというのに、裏をつけない帷子《かたびら》を着て、その上に蓑《みの》を重ねて着ているだけだった。

あら、いみじのさまや。雨も降らぬに、など蓑をば着たるや

「まあ、なんて変てこな格好ね。雨も降っていないのに、どうして蓑なんか着ているの」と問うと、尼は答えた。

これよりほかに持ちたる物はなし。寒さは堪へがたし。術《すべ》なくて

「これよりほかに着物を持っていません。本当に寒くて寒くて。つらくせつないことです」

蓑なんか着たって温まりそうもないわね、とその場にいた者たちは笑っていた。もらった木の実などを尼が食べて立ち去ろうとした時、女房たちはとっさに相談し、呼び戻して、裏のない単衣《ひとえ》を一枚、簾《すだれ》の外に押し出して与えた。尼は大喜びでもらって帰ったものと皆が思っていたところ、尼はその足で清水寺の奉納所に行き、筆を借り、すばらしく美しい字で歌を書き、単衣はそこに置いて、どこへともなく消え去った。

NS/2014

彼《か》の岸をこぎ離れにしあまなればおしてつくべきうらもおぼえず

悟りの世界である彼岸を目指して舟を漕ぎ出した私は海女ですから、櫓《ろ》を押してたどり着くべき浦などないのです。この単衣の着物に裏のないのと同じように。

海女と尼、浦と裏が、掛詞《かけことば》になっている。

□■□

最後の一編は、京都今熊野にあった美しい寺、最勝光院《さいしょうこういん》が舞台。梅が盛りの春、上品な女房が一人、池に臨んだ釣殿のあたりにたたずんで花を見ていた。そこへ突然、僧たちがどやどやと入ってきたので、女は不作法な連中と思ったのか、すっと外に出て帰ろうとした。

女の着ていた地の薄い衣がすっかり黄ばんで、黒く汚れているのを僧たちは笑い、

花を見捨てて帰る猿丸

と連歌をしかけると、女はすかさず、

星まぼる犬の吠えるに驚きて

と付けた。

猿丸は猿の愛称。花も見ないで帰る無風流なお猿さん、と挑発してきたのに、星を見る犬がもの欲しげに吠えるように、あなたたちがガヤガヤ騒ぐのに驚いて帰るのだ、と見事な機知で応酬したのである。僧たちは恥ずかしくなって、逃げてしまったという。

この女房は、歌人として名の高い藤原俊成の娘で、彼女もまた大変な歌人であったのだが、人目に立つのを恐れ、その日はとりわけ姿をみすぼらしくやつしていたのだ。

人を風貌や衣服などの外見で軽々しく判断し、決して見くびってはならない。そんな連中を「無智の人なり」と十訓抄はかたく戒めている。

『万葉集』高橋虫麻呂「浦の島子」

世の中の愚か人への共感

万葉集に興味深い歌がある。伝説を詠んで有名な高橋虫麻呂《むしまろ》の歌の中から、浦島太郎伝説を彼流に変形した長歌一首をご紹介しよう。

□■□

春の日の霞《かす》める時に
住吉《すみのえ》の岸に出でゐて
釣舟のとをらふ見れば
いにしへのことぞ思ほゆる

春日遅々、霞《かすみ》渡る住吉の浦には釣り舟があまた揺れ、その舟の一そうの中に、若き漁夫、浦の島子が登場。釣り名人の彼は鰹《かつお》や鯛《たい》を誇らしげに釣りに釣り、家にも帰らずいるうちに、はるかな沖の海神《わたつみ》の国まで来てしまった。

そこでたまたま海神の姫に会い、お互いに一目ぼれ。行く末を誓って、共に海神の宮殿の奥の間に二人きりで入る。老いもせず死にもしないで、いつい つまでも暮らせたのに、ある日、島子は、

世の中の愚か人の
我妹子《わぎもこ》に　告《の》りて語らく
しましくは家に帰りて
父母に事も告らひ
明日のごと我れは来なむと言ひければ

「ほんのちょっと家に帰って、父母に事情を話し、明日にでも私は帰ってくるよ」

□■□

この言葉に姫は、こう答えた。

常世辺《とこよべ》にまた帰り来て
今のごと逢はむとならば
この櫛笥《くしげ》開くなゆめと
そこらくに堅めし言を

「この常世の国にまた帰ってきて、今のように過ごそうとお思いでしたら、この櫛笥を開けてはいけませんよ。絶対に」

と何度も何度も言い、島子にも堅く約束させた。住吉に帰ってみると、住みなれた家も、見なれた里も見当たらない。家を出て三年の間に、家どころか垣根までなくなるとは、不思議なこともあるものよ、といろいろ考えた末に、

この箱を開きて見てば
もとのごと家はあらむと

玉櫛笥少し開くに
白雲の笥《はこ》より出でて
常世辺にたなびきぬれば
立ち走り叫び袖振り
臥《こ》いまろび足ずりしつつ
たちまちに心消失《けう》せぬ
若くありし肌も皺《しわ》みぬ
黒くありし髪も白けぬ

この箱を開いてみれば、もとのように家が現れるかと、櫛笥をほんの少し開くと、白い雲が立ちのぼり、常世の国の方に向かってたなびいていったので、飛び上がり、大声でわめき、袖を振って転げ回り、じだんだを踏んでいるうちに、にわかに気を失ってしまった。若く輝いていた肌も皺だらけに、黒々としていた髪も真っ白になってしまった。

歌の最後を虫麻呂はこう結ぶ。

ゆなゆなは息さへ絶へて
後つひに命死にける
水江の浦の島子が　家ところ見ゆ

その後、息も絶え絶えになり、ついに死んでしまったという。浦の島子の家のあったあたりがそこに見える。

□■□

この歌は、虫麻呂の創作といっていい。まず、浦島伝説は丹波か丹後の話となっているが、虫麻呂は、役人としての任地であった住吉あたりに舞台を転じている。彼の構成力は骨格がしっかりして素晴らしい。

書き出しは霞渡る住吉の浦。行き交う舟の揺れも陶酔を誘い、夢幻のような世界に主人公登場。伝説とは違い、亀は出てこず、海神の姫と直接やり取りをする。島子が釣りに夢中になって〈海境《うなさか》を過ぎて漕ぎゆくに〉という言葉もおもしろい。知らず知らずのうちに国境を越えてしまったのだ。

櫛笥を開くことは禁忌《タブー》であった。破ることは破滅を意味する。だが、〈世の中の愚か人〉——この世の愚かな人々の一人であった島子は、しばらく考えた末にではあるが、破ってしまった。伝説は白髪になったところで終わるが、虫麻呂は彼を死なせてしまう。

櫛笥は女の象徴。その中に入っていたのは姫その人だった。だから箱を開けると、姫は常世の国に帰っていったのだ。その後、島子が息絶えるまでの描写は臨場感みなぎる活写である。

〈家ところ見ゆ〉と結んで、これは伝説ではなく、実際にあったことだと強調していることにも注目したい。

そして一番大事なことは、〈世の中の愚か人〉と島子を嘲笑しているように見えながら、胸中には「われわれだって同じだよ」と彼への共感をひしと込めていることである。

『万葉集』高市黒人

孤独と郷愁の歌人

高市黒人《たけちのくろひと》は奈良時代前期の歌人で、伝記不詳である。柿本人麻呂より少し後と思われる。万葉集に黒人の歌は十八首しかない。いずれも小粒ながら底光りのする短歌である。人麻呂と同じく宮廷詩人であったらしく、持統天皇の三河行幸に従って、こんな歌を詠んでいる。

何処《いずこ》にか船泊《ふなはて》すらむ安礼《あれ》の崎漕ぎたみ行きし棚無し小舟

また、同じ方の吉野行幸に従った時は、こう詠む。

大和には鳴きてか来《く》らむ呼子鳥《よぶこどり》象《きさ》の中山呼びぞ越ゆなる

NS/14

□■□

いずれも宮廷での宴歌と思われるが、黒人の歌はやや異色なのだ。黒人の歌と並んでいる他の歌は、供奉《ぐぶ》する喜びを素直に詠んでいるのに、黒人の視線は沖の方を見つめている。

たよりなさそうに一そう、岬を回って行った船棚もない小舟よ。今日はどこの港に泊まるのか。小舟の孤独と黒人の孤独とがうち重なり、彼自身がその舟に乗っている思いだ。

二首目の歌も、視線は妻のいる大和の方に向けられる。呼子鳥のように軽やかに象山を越えれば、恋しい妻に会えるのに。深い郷愁がひそむ。呼子鳥は、ホトトギス、ヌエ、ツツドリなどではないかと言われるが、鳴き声が子どもを呼ぶように聞こえるので、こう呼ばれる。呼子鳥を配したところに彼の孤独がこもる。

なんと彼の歌十八首はすべて旅の歌である。宴にあっても宴を歌わず、旅を歌っているのだ。羇旅歌《きりょか》八首の中から、私の好きな歌を選んで紹介してみよう。

　我《わ》が舟は比良《ひら》の港に漕ぎ泊《は》てむ沖へな離《さか》りさ夜更けにけり

我らの舟は比良の港（近江東北部比良山辺り）に今夜は泊まることにしよう。沖の方に離れていくなよ。もう夜も更けてきたから。舟人に呼びかけている口調で、下句に不安感が漂う。

　いづくにか我が宿らむ高島の勝野《かちの》の原にこの日暮れなば

どこで我らは泊まることになるのであろうか。高島の勝野の原でこの日が暮れてしまったら。高島は前歌の比良の北に接した土地。この旅は、都を離れ北陸に向かう旅である。よるべなさと望郷の念は、いっそう深まっている。

□■□

黒人の歌は感性豊かで、視覚と聴覚に訴えるものが多く、八首の中にはこんな情景の描かれた歌もある。

旅にしてもの恋しきに山下の赤《あけ》のそほ船沖に漕ぐ見ゆ

旅にあって、そぞろ家を恋しく思っている時、ふと沖に目をやると、さっきまで山の下にいた朱塗りの船が、もう沖の方に漕ぎ進んでいる。朱のそほ船は官船と思われる、朱色の赤土を塗った船である。

小ぶりの額縁に飾られたような絵画的な歌だ。しんと青く光る海。そこに点じられた朱色の船。油絵を見るようだ。この船もまた都を離れて北へ向かうのか。

音の聞こえてくるような歌もある。

桜田へ鶴《たづ》鳴き渡る年魚市潟《あゆちがた》潮干にけらし鶴鳴き渡る

桜田も年魚市潟も今の名古屋市。鶴が鳴き渡っていく。餌を求めてか。珍しさをこめた旅先の叙景歌に、都を遠ざかる寂しさがほのかにともる。二句と五句の繰り返しがリズミカルだ。

□■□

次は、黒人が妻を同行して旅に出た時の歌。

いざ子ども大和へ早く白菅《しらすげ》の真野の榛原《はりはら》手折りて行かむ

さあ、皆、大和へ早く帰ろう。白菅の茂る真野の榛《はんのき》の小枝を記念に折り取っていこう。真野は今の兵庫県西宮市の南。これに答えて妻は歌う。

白菅の真野の榛原行《ゆ》くさ来《く》さ君こそ見らめ真野の榛原

白菅茂る真野の榛の林は、あなたは旅の行き来にたびたび見ていらっしゃるでしょう。でも私は初めてよ、この美しい林は。妻の歌は、素直で甘やかだ。

大伴家持が越中守として今の富山県高岡市に赴任した時、この地で黒人作という一首を見つけたという。

婦負《めひ》の野の薄《すすき》押しなべ降る雪に宿借る今日しかなしく思はゆ

孤独と郷愁とを背負いながら、彼はこんなに遠くまで旅したのか。彼の旅の目的は、官命を受け、地方に残る古い歌の採集にあったという説がある。

対談　古典の縁で結ばれて——林　望

林　文化欄（「しんぶん赤旗」）のご連載が本になりましたね（『心ときめきするもの——学び直しの古典』新日本出版社）。なんといっても読みやすい。古典に関して書いたものには、教えてやるぞという上からの態度のものもあって、それが人々から古典を遠ざけていると思うんです。でもね、清川先生はそうじゃなくて、自分がどう感じ、古典から何を受け取ったか、実感を書いて、非常に目線が低いんですよね。

清川　ありがとうございます。「赤旗」の読者欄に、私の『兼好さんの遺言』を読んで、「清川妙さんと兼好さんがますます好きになりました」という投書が載ったんです。ああ、こういうことなんだ、と。こちらが楽しんで読んで、その楽しみをお分けするという気持ちで書き続けなければ、と思いました。

■喜怒哀楽は今に通じる

林　その通りです。僕は大学院の時に、佐藤信彦先生に教えをいただいたんですが、僕ら若造に真っ先におっしゃったことは、「古典を読むということは知識を得るのではなくて、例えば、ミカンをむいて、その一房を口に含んで、果汁をチューチュー吸って、じっくりと味わうようなものなんだ」ということでした。

清川　いい言葉ですね。奈良女高師の時の木枝増一先生も、そんな先生でした。『万葉集』の〈ぬばたまの黒髪山の山菅に小雨降りしきしくしく思ほゆ〉という歌を読み上げて、「万葉っていいなあ」とおっしゃるんです。その頃私は黒髪でしょ。頭をなでてもらっているような気がしました。杜氏がお酒を口に含んで、おいしいなあ、と言っているような感じだったんです。

林　そういう感受性が大切ですね。理屈だけでわりきっていくと、肝心なことは何も読み取れません。古典には、私たちが日頃経験している喜怒哀楽と同じ実感があって、すべて今に通じるんだと、そういう立場できちっと書いてくださっているので、妙ちゃんの古典はいいわけです。（笑）

清川　林先生はもう二年以上、『源氏物語』にひたと向かわれているんですよね。

林　命を縮める仕事です。

清川　志ですね。よくぞ続けていらっしゃいます。

林　作品の隅々まで入り込んで、作者になり切って訳していきますから、今回初めてわかったこともあるんですよ。

清川　どんなことですか？

林　例えば「なまめかし」という形容詞です。通常、優美、優雅である、と訳しますね。ところが、病気で死にそうになっている人のことも「なまめかし」と言う。つまり「生めかし」なんですね。装飾も化粧も取り去ってなお、その人に本来備わっている生な透明感、初々しさ、美しさを表現しているわけです。文脈やイメージを把握しながら、その時々にふさわしい訳を心がけています。

清川　私も心して読みます。

林　清川先生は、つらい時、いつも古典に救われたとおっしゃっていますね。

■嵐の時期に励まされて

清川　十八年前に夫を旅先で突然亡くし、その後を追うように息子が病死して、私自身も入院、手術と、嵐のような時期に、『徒然草』の〈死は前よりしも来たらず、かねてうしろに迫れり〉〈人、死を憎まば、生を愛すべし。存命の喜び、日々に楽しまざらんや〉という言葉が、皮膚感覚として実感されて励まされました。「兼好さん、あなたの言った通りね」って。

林　僕も3・11の大震災と原発事故の後、気がふさいで仕方がなかった時に、『源氏物語』を開いて夢中で訳していると、不思議に精神の平衡が取れました。

清川　古典の力ですね。

林　誰もが、生きていくということは決して楽しいことばかりじゃない。むしろ、うつうつとしたり、もんもんとしたりすることの方が多いと思います。そういう時に、古典の世界に遊んでね、ああ、昔の人も同じことで悩んでおるなあ、こう考えればいいのか、と支えにしてほしい。古典は知恵の宝庫ですから。

清川　いろんなことにぶつかるたびに、「あ、あの人がこう言ってた」と思い出して、身近にある古典に助けられています。

林　僕は、日本人としてのアイデンティティーを確立する上でも、古典をしっかり読むことが大切だと考えています。

清川　日本人の自然観や季節感、日本語の美しさにも触れられますものね。

林　国際化に対応するためにも、日本の文化を身につけるのは大事なことだと思います。イギリスの人たちは、シェークスピアをよく知っていますよ。

清川　私は英語の個人レッスンを長年受けているんですが、イギリス紳士の先生が、急に雨が降り出した時に何か口ずさまれたので、「それは何ですか」と聞くと、「リア王」とおっしゃいました。自然にフレーズが出てくるのですね。

林　日本でも、古典の素晴らしさに触れることで、この国の文化や自然を愛する気持ちを持ってほしい。日の丸揚げたり、君が代歌わせたり、そんなことより、まずは古典を精読玩味することで愛国心が養われる。

清川　その通りですね。

林　若い人たちに、古典をせいぜいおもしろく読んでもらわなければいけないっていうんで、そのための語り部みたいな役割を、清川先生も僕も与えられているんじゃないかと思うんです。

清川　古典の伝道師ですね。

林　ですからね、これからもどうぞお元気で、ご活躍ください。

清川　ありがとうございます。

はやし　のぞむ　作家・国文学者。一九四九年東京生まれ。慶応義塾大学大学院博士課程修了。『イギリスはおいしい』（日本エッセイスト・クラブ賞）、『ケンブリッジ大学所蔵和漢古書総合目録』（国際交流奨励賞）、『謹訳源氏物語』（全十巻、第六七回毎日出版文化賞特別賞）など著書多数。

弐

九二歳　楽しい日々

まあるい顔

いつのまにか九二歳になってしまった。自分でも信じられないほどの高齢だ。

八年前に『八十四歳。英語、イギリス、ひとり旅』（二〇〇六年、小学館）という本が出たとき、はじめて自分の高齢を意識した。それまでは、自分が年をとってるなんて思ったこともなかった。ひたすら仕事の日々だったのだ。その本のタイトルを見て、八四歳で、一人でイギリスに楽しく旅してくるなどというのは大変珍しいことなのかと、立ち留まり、改めて考えた。

その年からも毎年本が立て続けに出て、タイトルにはほとんど年齢が添えられている。

その頃から歳月は、なんだかものすごく早く過ぎ去っていった。中国の諺《ことわざ》では〝壁の隙間を白い馬がさっと過ぎていくよう〟といい、先日テレビで見たアメリカ映画では〝鍵穴を煙が通っていくよう〟と、過ぎゆく歳月の早さを嘆いていたが、九二歳の私には、分かる、分かると身に染《し》みる。いつ人生が終わるか分からないと思う。となると、日々はたっぷり愛惜に充《み》ち、思い入れも深くなる。

ある日、ふと考えた。子どもの頃の日々は白い紙。毎日遊んでいて、おなじような明日。縹渺《ひょうびょう》としていて一日が長かった。中年の頃は線のひいてあるノートか。そして、九二歳の今は原稿用紙の升目のような日々だ。一日一日が勝負。存在価値が高い。いつ升目がなくなるかという不安もあるけれど、ひと升ひと升ていねいに生きていけば、楽しみもまたくっきりと濃い。日々の達成度を確かめながら生き、できるだけ升目が長く続けばいいと願っている。

そのためには、頭のケア、心のケアを小まめにして、知力や情感力が衰えないように、日々怠りなく暮らしたい。そして、心を明るい方に向け、できるだけ、機嫌よく生きたいと思う。神経質なところのある私は、小さなことにも傷つきやすく、落ちこむこともたびたびだが、そんな時には、頭の傍らにいるまい、いぼろしの秘書が「妙さん、だめですよ。落ちこんだりしていては時間のロスです」などと忠告してくれるので、そうだ、とすぐに反応し、明るい気持ちに切り替える。私の心のバネは性能がいいのだ。

というわけで、不平、愚痴《ぐち》、怒りとかが表情にはっきり現れるまでには、たいてい抑えられていて、人に接する時の私は、ほとんど機嫌のいい表情でいられる。機嫌がいいという事は美徳だと思うし、執筆、講義という私の仕事の上にもいい状態だと確信するので、そうするように努めている。

書くものにも、その事は現れているのだろうか。ある日、部屋隅の資料を整理していたら、いい手紙が出てきた。一字一字ころっころっとしたていねいな字でこう書かれていた。

〝清川さんの本を読むと、めげていた気持ちが立ちあがり、まあるい顔になって、一生懸命生きていこうと思うのです〟

それは、大分前にもらった手紙なのだが、いい手紙なので、別にしておいたのだろう。あとでゆっくり書こうと思ったために、ものに紛れて忘れてしまったらしい。

モネの庭の絵葉書がちょうど手許にあったので、私はそれに返事を書いた。

〝あなたのお手紙はとてもいいお手紙なので特別にのけておいたために、お返事が遅くなってしまいました。ごめんなさい。だから、特別にモネの絵葉書でお返事をさしあげます〟

すると、また、一字一字分かりやすいていねいな字で手紙がきた。その字からなんとなく若い学生かしらと思っていたが、小学校の女先生だった。こんな字を書く先生に教わる子どもはしあわせだ。

〝今日は学校でとてもつらいことがあって、めげて帰ってきました。郵便受けに思いがけず、清川先生のお手紙があって、まあるい顔になりました〟

そういう手紙を見ると、自分も奮起する。よかったな。私も一生懸命、まあるい顔のまあるい心でいようと思う。それには、かなり意志の要る気がする。

私は月に一度、きまって、お茶の水にある病院に、長年にわたる主治医のS先生を訪ねて、健康診断をしていただいている。今から一八年前に胃癌《がん》の手術をしたのだが、その後ずっと調子はよく、この頃は診断というより、楽しい面接という感じにもなっている。最近の面接で、私は先生にこう訊《き》いた。

「先生、今は亡き作家の田中澄江さんが晩年に『老いは迎え討て』という本をお出しになった時、その頃の私は、そこまで言わなくても、と思いましたけど、最近は、そんな気持ちもたしかに要るなあ、と思います」

「心の一部には、そんな気持ちは必要ですよ。つよい意志が……」

「ほんとうにそうですね」

と、私は深くうなずき、九二歳の楽しい日々の、ありがたいサポーター・S先生の許《もと》を辞したのだった。

母薬

三三年前にこの世を去った母なのに、いまでもまだそのあたりに生きている気がしてならない。というのも、ほとんど毎日のように、小柄な母の姿やその笑顔をわが身の近くに感じ、話しかけてもいるからである。

物心ついてから、私は母から数々のいい言葉をもらっている。いい言葉といっても、取り澄ました格言のようなものではない。母がただひたすらていねいに生きてきて、その中で、おのずから感じとった素直な思いを、一人っ子の私につぶやいてくれたにすぎない。だが、そのいくつかの言葉を繋いでみると、それはいつか私の生き方の芯になっている気がする。

父は転任の多い職業だったので、私は山口県下の小学校時代たびたび転校し、人と別れるシーンも多く持った。そんなとき、母はいつもこう言った。

「人は別れるときが大切」

そして、その言葉を実行させるために、母は私に、前の学校の受け持ちの先生にお礼状をかならず書かせた。お世話になった人と別れた後も縁をつないでおくことを教えたかったのだろう。

なにかの折に私が泣いたりすると、「賢い子はキュッと泣きやめる」ともよく言った。「やめなさい。キュッと」と言われると、ほんとうにキュッという声を出して、小学生の私は泣きやめた。悲しみの中にとどまらず、さっと前に向きを変えて歩くというわざを、私はこの言葉から会得した。

楽しいお話をしよう。小学五年生のとき、私ははじめて父母に小さな木の本箱を買ってもらった。小さい時から字を早く覚え、本を読むのが大好きな子のことを、父母は喜び、褒美《ほうび》として買い与えてくれたのだ。本箱を持っている小学生など、まだ珍しい時代であった。わが本箱に収める二冊の本も私は父母に特注して買ってもらった。忘れもしない。佐藤紅緑《こうろく》の『毬《まり》の行方《ゆくえ》』と田河水泡《たがわすいほう》の『漫画の缶詰』である。

うれしいことに、母もまたすぐに『漫画の缶詰』の愛読者になってくれた。その中の一編に「ガソリンお吉《きち》」という長編漫画があった。主人公のお吉さんはいつも気軽に頼まれ仕事を引き受けて忙しがっている。通りをスタスタ歩いているお吉さんに人が問う。「お吉さん、どこ行くの」。返事は「子守りを頼まれてね」とか「買い物頼まれたの」というようなものだが、その後におきまりのこの言葉がつく。「人気が出ると忙しいわ」

東京言葉のこのギャグを面白がって、私も母も日常会話の中にさかんに使った。たとえば学校から遅く帰った私はこう言う。「先生から謄写版《とうしゃばん》刷る手伝い頼まれたのよ。人気が出ると忙しいわ」。縫い物をしている母も張り合って言う。「隣のさっちゃんの浴衣を縫ってあげているのよ。人気が出ると忙しいわ」

このギャグは、なんと母が生きている間中ずっと、二人の間に交わされ続けた。ことに私が四〇歳を過ぎてからもの書きの道に進み、エッセイや古典・映画などの解説を手がけるようになってからは、母の手紙の書き出しは〝妙ちゃん、今日もお吉さんですか。人気が出ると忙しいね〟が常套句になった。その頃、母はすでに夫に先立たれ、山口市に一人暮らしをしていた。愚痴っぽいことなど、一度も聴いたことはなかった。

母は七八歳のとき、私共夫婦の住む千葉県市川市を訪ね、わが家で脳梗塞《のうこうそく》を発症し、山口県下の寝たきり老人の介護施設に入苑した。三カ月に一度くらいの割合でしか行けなかったが、原稿締切のラッシュを終えると、私は飛行機で山口宇部に飛んだ。ベッドの上に坐っている母の顔は、私が病室に現われると、ぽあっと薄ピンクに染まった。そして、いつもこう言った。

「ああ、子薬《こぐすり》が来た。子薬がいちばん効く。これで、三月《みつき》くらいは保《も》つ」

母が亡くなる二カ月ほど前の言葉も忘れられない。私は母の死に目に会えなかったので、そのときの言葉が、私へ最後に残した言葉となった。なんだかつぶやくように、母は言った。

「お父さんは無口で無愛想《ぶあいそう》だったけど、いい人だった。あんたは一人っ子だったけど、いい子だった。私はしあわせだった」

母は自分の人生を総括して祝福し、「人は別れるときが大切」を実証してみせた。


この原稿を書き終えたときも、私は、傍らにいまもいるような気がする母に話しかけた。

「お母さん、私は九二歳になってまだ原稿を書いているのよ。お母さんからもらった言葉は私のからだに溶けこんで、たっぷりの母薬になっているわ。私の一生分のおつりが出るくらい、効き目は充分よ」

「いまもお吉さん。うれしいね」

そんな声が聞こえたような気がした。

ど忘れもご愛嬌

先日、朝日カルチャーセンター新宿教室で『古事記』の講義をし終えた後、あることを考えた。章の区切りのいいところで終わり、時間が十分くらい残っていたので、最近読んで感動した万葉集の歌一首を、講義のおまけに紹介したいと思ったのだ。

「皆さん、まだすこし時間がありますので、万葉の美しい夏の歌を一首プレゼントしましょう。最近読んで、あらためて、なんといい歌なんだろうと思った、柿本人麻呂の旅の歌です」

そう言って、その一首をすらすらと暗誦しようとしたのだが、なんとしたことか、五、七、五、七、七の初句が出てこない。こんなことはめったにないので、私はあせった。

「ええと――ナントカノ、敏馬《みぬめ》を過ぎて夏草の野島の崎に船近づきぬ、ですけど、どうしたのでしょう。最初の句が出てこないわ。ど忘れですね――実景を歌った枕詞《まくらことば》的な言葉なんですけど……」

こちらに視線を注ぐ五〇人の受講生の前で私はますますあがってしまい、「ええと……」「ええと……」を繰り返し、脳の中に突然埋没してしまった五文字を探した。だが、なんたる不思議。まったく出てこない。私は訊いた。

「皆さんも、ど忘れすることありますか」

ほとんどが中年以上である皆は、好意的な笑みを浮かべ、「あります。ありますとも」と口を揃えた。

最後列にすわっていたKさんが、すっと手をあげた。

「それはシニア・モーメントです」

初耳の言葉だった。

「シニアって、年上という意味でしょう。ジュニアの反対語の……」

「そうです。年とった人がど忘れすることをそう言うんですって」

「まあ、おもしろい言葉をありがとう」

彼女との、そんな飛び込みの会話が、私の脳をほぐしたのか、その後、「藻を取ってた」とか「きれいな感じの言葉だった」とか、「キラキラするような……」とか、皆の前でつぶやいていると、突然、
玉藻《たまも》刈る
という言葉が脳の中から飛び出してきた。

「思い出しましたよ」

と、私は晴れ晴れと言って、一首を口ずさんだ。

「玉藻刈る敏馬を過ぎて夏草の野島の崎に船近づきぬ。おとめたちが美しい海藻を刈っている敏馬を行き過ぎて、夏草茂る野島の崎に船は近づいた、という意味です。敏馬は今の神戸港の東ですから、この旅は難波の港を出て西に向かう往路の旅です。マ行とナ行の音が響き合って、とてもリズミカルな気持ちの

いい歌でしょう」

終わりの時間までに思い出せてよかった。ほっとした。

その日から二日後、Kさんからお手紙が届いた。「シニア・モーメント」と教えてくださったかただ。

その手紙がまたユニークなものだった。

〝先生、先日は失礼いたしました。先生がど忘れした、とおっしゃったものですから、つい興味深い思い出の言葉を口から飛び出させてしまったのです。じつは、最近、アメリカに住む友達を、三〇年ぶりに訪ねる旅をしたのです。友達はアメリカ人男性と結婚しています。ずいぶん長い間会わなかったものですから、私と友達の間では、思い出話に花が咲きました。ところが、人や名所の名前が出てこないこと驚くばかり。「ほらほら、あの人のこと覚えてる?」とか「あそこに行ったじゃないの。なんで思い出せないんでしょう」とか言っては、二人で笑い合っていると、友達のご主人は日本語が分からないので、黙って聴いていたのですが、状況を察知して、横合いから笑いながら「シニア・モーメント」とおっしゃいました。年をとってど忘れすることをそう言うのですって。いろいろなことを忘れても、この言葉は忘れないでしょうね、と言って帰ってきました。覚えたてのその言葉が、あの時、とっさに出てきたのです。でも先生は違いました。だって、一、二分で思い出されました。シニア・モーメントなんて諦《あきら》めないで、先生は「藻を刈ってた」とか「キラキラするような……」とか、いろいろ頭を刺激して思い出された。あれはみごとでした。諦めては駄目なのですね。あの手この手で思い出さないと駄目だということを、あのとき強く感じました〟

とてもいい手紙だったので、一週間後の別の教室で、私は皆さんに、この手紙のいきさつについて紹介した。

ど忘れも時にはご愛嬌《あいきょう》で、こんな楽しい収穫があるのである。

記憶再生法

恥ずかしながら、先月にひき続き、その後またおなじようなど忘れ現象におそわれた。六月終わり、ある講演会に招かれて、神戸に行ったときのこと。前夜はホテル泊まりだった。

夕食の席で、主催の会社の女性部長Hさんがこうおっしゃった。

「明日は奈良から○○さんもいらっしゃいますよ」

そのときは、もちろん○○さんではなく、そのかたの名前をちゃんと聞いたのだった。長年の親しい友で、奈良に旅したときなど、大変お世話になっている。だが、どうしたことだろう。Hさんと別れ、ホテルの自室に戻って、その名前を思い出そうとすると、忽然《こつぜん》と記憶は消え失せ、まったく出てこない。

そこで、私はかねておなじみの記憶再生法を試みた。まず、頭の中に幻の五十音図を描く。そして、あ、い、う、え……と、反応を確かめながら、一音一音をゆっくり辿っていく。たとえば、忘れていた名が藤原だとしたら、は、ひ、と辿ってきて、ふ、にくると、微妙にそのまわりがボワボワとなつかしい感じになってきて、あっ、藤原さんと記憶が浮き出てくるのだ。

しかし、今回はこの再生法もまったく功を奏さない。また、ど忘れ。どうして。

翌日、早めにでかけた会場でHさんに会ったとき、すぐに訊《たず》ねた。

「奈良のかたのお名前、なんでしたっけ。ど忘れしてしまって、おかしいでしょ」

「倉橋さん」

Hさんは小さく笑って言った。胸のつかえがおさまった。

その日の演題は『古事記の恋』だった。私は速総別《はやぶさわけ》と女鳥《めとり》の恋を熱く語った。速総は仁徳《にんとく》天皇の弟。仁徳は女鳥を后として召したいと思い、速総を使者に立てた。だが女鳥は「天皇には石之日売《いわのひめ》というものすごく嫉妬《しっと》深い皇后がいらっしゃる。あんな所に行きたくはありません。私はあなたの妻になります」と、きっぱりと意志表示。女の側からのプロポーズだ。おまけに、

雲雀《ひばり》は天《あめ》に翔《かけ》る　高行くや　速総別　さざき取らさね

とまで歌った。仁徳の名は大雀《おおさざき》。さざき、はみそさざいのこと。歌の意味はこうだ。

小さな雲雀だって空高く飛ぶわ。ましてやあなたは大空高く飛び上がり、ねらい定めて獲物をとる勇猛な隼《はやぶさ》よ。ちっぽけなみそさざいなんか取っちゃいなさい。

そら恐ろしい謀反《むほん》のそそのかし、女鳥は居直ったのだ。伝え聞いた仁徳の怒りは爆発。すぐに軍勢を仕立て、二人を攻めた。恋する二人は手に手を取って逃げた。難波《なにわ》の都からはるかに遠い大和の倉椅山《くらはしやま》まで。速総は歌う。

はしたての　倉椅山を　嶮《さが》しみと　岩懸《か》きかねて　わが手取らすも
はしたての　倉椅山は　嶮しけど　妹《いも》と登れば　嶮しくもあらず

けわしい倉椅山。その岩につかまって登ることもできず、わが手にすがる、いとしい女鳥よ。

倉椅山はけわしいが、最愛の妻と二人で登っているので、けわしいとも思わない。

もうお分かりだろう。なぜ突然、講演の内容まで紹介したか。倉椅山。これが記憶再生の鍵となるのだ。だって、速総と女鳥のドラマは私の頭に叩きこまれていて、恋の道行の舞台、倉椅山の歌はそらで言え、けっして忘れることはないのだから。私は聴き手の中にいる倉橋さんに目を合わせながら、頭の中で、この人の名は恋の山、と覚えこんだ。

そのあと、もうひとつ念のために、思い出すための文章を作っておいた。

〝ど忘れしたというと、Hさんはクヽヽッ、クッと笑った〟。

クックッというところに、記憶再生の鍵がある。

聡明な読者は、大変大事なことを悟ってくださったことだろう。

年を重ねるにつれて、ど忘れは頻発する。そのとき、あきらめては駄目なのだ。あの手この手で何とかして思い出し、思い出したものは消え失せないように、しっかり刻みこむ方法を、自分なりに工夫することこそ、何より肝要なのだ。

私は、倉橋さんを定着させるために、速総と女鳥の話と、クックッの二つを、頭の記憶装置の中に組みこんだ。

ひとりの人の名前なんか、どうでもいいじゃないの、と思わないでいただきたい。これはひとつの例であって、老化防止のためには、絶えず、頭の中の記憶装置を動かそうという意志をもつことを言いたかったのである。

オペラのように哀切な美しさを持つ倉椅山の話も、付録として、ぜひ覚えていてほしい。

わが胸の底のここには

一史《いっし》が逝ってから一八年。彼と目を合わせ、語らない日はほとんどない。深緑の額縁に入った一史の写真は、わが書斎の壁にかけられていて、執筆の手をとどめ、ふとあげる私の目と、かすかに笑みを含んだ彼の目は、しばしば合う。

「お母さん、ずっと仕事を続けてるんだね。えらいね」

額の中から、そんな声が聞こえる。発声練習を続けて、習得したその声。訥々《とつとつ》として、すこしくぐもった声。その声が大好きだった。

六七年前、山口市に住んでいた私たち夫婦の、はじめて授かった男の子が一史。よく笑うかわいい赤ん坊だった。

だが、すぐに私たちは知った。彼の耳がまったく聞こえないことを。悩み苦しみ、昏《くら》い日が過ぎた。その日々に、一史の妹が生まれた。

親の私たちにできることは、彼に積木や絵を描くことなどの遊びを与え、また、どこに行くにも彼を連れていき、見聞を、いや、見《けん》を広めてやることだった。やがて、私たちは、その遊びや小さな旅の中に、一史が見せるユニークな才能を発見することになった。

積木を三箱分も使って、彼が建てるさまざまな家のなんと独創的であったことか。絵を描けば、これも非常に想像力ゆたかで——たとえば、終点に着き、車庫に入ったバスの座席に車掌さんが横になっている絵などは、教えもしない遠近法に描かれていた。

汽車の旅には、かならずノートを持って乗り、着く駅々の名を書きとめ、帰宅すると、わが家の柱という柱に駅名を書いた紙を順番に留め、妹と汽車遊びをした。

ある日の夕方、帰宅した私は、勝手口から台所の流し台までの長いたたきの上に、白墨でズラリと記された1から1000までの数字の列を辿って驚いた。目をみはる私に、彼は一冊の辞書を持ってきて、ページをめくってみせ、私を納得させた。

その頃、私は新聞の片隅の見逃しそうな小さな広告に、国立ろう学校、千葉県市川市国府台という文字をみつけた。私は、翌日、夜汽車の長い旅をして、その学校を観に行った。幼稚部の授業を見ながら、私は涙をこぼした。ろう教育とはなんと努力の要ることかと。私を自宅に連れていき、語り合ってくださった教師はこう言った。「底のないつるべで水を汲むような努力が要るのです」

帰りの夜汽車の中で、私はすでに決心していた。よし、それならば、そのつるべについてくる雫《しずく》を溜めよう。雫を溜めれば、なにかをかならず成就し得る素質を、一史は持つと、私には信じられたのだ。

二年後、私たち夫婦は、国立ろう学校＝現筑波大学附属聴覚特別支援学校（筑波大学附属聾学校）に彼を入れるため、市川市に一家転住した。一史は七歳になっていた。夫は都内の高校に職を得、私は高校教師の職をやめ、彼に付き添って学校に通った。

一史は非常に努力して、雫を溜めていった。こまやかな積木のわざ、おもしろい構図の絵、駅名の記録と暗記——それらの凝集は城の研究だった。私たちは各地の城に彼を伴い、少年となった彼は、形を残さぬ中世の城址を、精力的にひとり訪うた。「草群の中に、ありし日の城の姿が立ち現れる」と言った。

ろう学校高等部を卒業した彼は早稲田大学第二文学部にパスし、日本史を専攻。卒業後は東京都の高校教員試験を健聴の人々の中に一人まじって受け、パスし、ろう学校高等部の教師となり、日本史を教えた。生徒たちを心から愛し、いい仕事をした。

彼の四九年の人生は突然絶ち切られた。すい臓癌《がん》だった。「いのちは月計算」という医師の、世にも残酷な宣告。しかも、その宣告は、夫の死後二カ月のことだった。

言葉の通り、彼は五カ月病んであの世に逝った。死に顔の上に、私は涙を噴きこぼした。

「いい人生だったよ。充実した人生だったよ」

と、それだけ言った。そして、もう泣かなかった。

一史よ。あなたが教えてくれたことはいっぱいあるが、それらを貫くものは、あきらめることなく、小さなことを楽しみながら積みあげて、何かを達成する喜びである。

九二歳になった私が、〝楽しい日々〟という文章の中で、胸底の想いを語るのを、聡明で心素直な読者は、うなずいて聴いてくださると思う。

吾胸の底のこゝには
言ひがたき秘密《ひめごと》住めり
——島崎藤村『胸より胸に』より

夫の遺言

今年（二〇一三年）の秋の彼岸の頃だった。朝起きて、庭に出てみると、覚えの場所に今年も彼岸花が咲いていた。数えてみると、今年は花数も多く、一〇本もあった。まっすぐ伸びた線の茎の上の、赤い絹糸の手細工のような華やかな花だ。

彼岸花には、亡き夫との濃い思い出がある。夫は今から一九年前の秋のさかり、旅先の宿の露天風呂の中で、あの世に逝った。その秋の彼岸の頃の話だから、亡くなるほんの少し前の朝のことである。講義にでかけようと、玄関近くまで出ていた私に、台所の方から夫は呼びかけた。

「きみは、庭に彼岸花が咲いているのも知らないだろう」

私はハッとした。原稿の締切や講義に追われ、いつも忙しがっていて、庭の花なんかあまり見ていない自分に思いあたり、すこしオーバーに言えば、反省したのだ。私はカバンを置き、台所に戻った。「どこに？」「お隣との境の戸の辺りだよ」

サンダルばきでそこまで行ってみると、そこには彼岸花が夢のように咲いていた。

「七本も咲いているのね」

あの時、夫の言葉をちゃんと聞きとめて、花の数まで数えておいて、よかったと思う。

定年以後、家事や雑用のほとんどを引き受けて、夫は私を助けてくれていた。

「ぼくは無給の秘書」と言い、無給の、のところは、ひときわ声高に言って、私を笑わせた。

彼が亡くなってからも、毎年、彼岸の頃になると、かならず、彼岸花は庭の草群の中に立ち顕れる。そして、つかのま、あたりを輝かせて、立ち枯れる。毎年、その花を見て数を数えるのも、追憶儀礼のようになった。

「彼岸花の咲いたのも知らないだろう」

この言葉をかみしめれば、夫の遺言のようにさえ思えてくる。仕事、仕事と言って、ガサガサと生きては駄目だよ。足をとめて、まわりのものを愛《め》でなくては——そう言ってくれているような気がするのだ。

旅の宿で心不全をおこして逝った夫には、遺言を聞くこともできなかった。だが、二人の五〇年間の生活のはしばしには、私への身にしみるアドバイスとなる、遺言のような言葉もたくさん残してくれている。

もちろん喧嘩《けんか》をした日だってある。そんな時の痛烈な言葉は——

「きみは、ぼくに向けるような顔をして、ぼくに言うようなことを他人に言ってごらん。いっぺんに嫌われるよ」

これも、苦笑の中に蘇《よみがえ》る彼の遺言だ。親しいあまりに気を許しすぎて、私はどんなひどい顔で、どんな悪口を彼に浴びせかけたのだろう。

これによく似た遺言もある。何で泣いたか忘れてしまったが、ある日、彼の前で泣いた時、こう言われた。

「女の人が泣くと、どんな美人でも醜く見えるものだよ。ましてや、君はね……」

ましてや、美人でもない私としては、意地でも、泣き続けるわけにはいかない。

喧嘩した時と泣いた時。この二つの遺言が私にさとすことは、どんな時でも、笑顔を忘れず、感じのいい君でいなさい、ということだ。

最後に、まさに遺言とも言うべき言葉をお聞かせしよう。それは、彼が亡くなる数日前に聞いた言葉である。

私は台所に立ち、夫はすこし離れたところの椅子にかけ、こちらを見ていた。私は、ふっと言った。

「あなたが死んだら、私はどうやって生きていこうかしら」

何故、そんなことを口にしたか分からない。おそらく、このしあわせな日々の光景よ、いつまでも続けと思って、出た言葉にちがいない。夫は私を見上げる形で、ほほ笑みながら言った。

「きみは大丈夫だよ。みんなに助けてもらって、丈夫で長生きするよ」

九二歳の私は、この言葉のままに、仕事関係の人々や教室の生徒さんたちにサポートされ、今も仕事を続けている。あれは夫の最後の祝福だったと思う。あの世から見守ってくれている目さえ感じる。

——この原稿を書いたのは九月終わり。もう一度、彼岸花を見に庭に出てみた。楽しい発見があった。盛りの花は赤。すこし経つと紅。咲き終わりは紫。花は立ち枯れ、カサカサの糸のようになってもそれぞれのプロセスのいい色を残していた。

この発見を夫に話したいと思った。

あやまり上手、あやまり下手

最近、電車の中で、ひとつのテーマについて考えさせられる出来事につづけて出会った。

そのテーマとは「あやまる」という行動についてである。

ある日、電車の座席にすわっていた私は、突然、左脚に痛みを感じた。何か、重たく固いものがもたれてきたのだ。思わず「痛い！」と言ってしまったほどの痛みだ。目を落としてみると、前に立っていた人が、急いで両脚の間に大きい紙袋をはさんでいるのが見えた。紙袋はふくらんでいて、その中に重たく固いものが入っていたのにちがいない。

紙袋の持ち主はどんな人？　私は視線を上にずらした。背の高い中年の男性だった。私の視線を意識したのか、彼は「すみません」とつぶやくように言った。だが、その目はまったく私の顔を見てはいなくて、無表情にその言葉だけを発したのだった。

「あやまったからいいだろう」という感じである。なんとあやまりかたの下手な人だろう、と私は思った。私と目を合わせ、すまないという表情もちゃんと浮かべて、「すみませんね」とあやまったら、こちらの気持ちも落ちつこうものを。

次の駅で彼は降りていったが、そのときも無表情のまま。「痛い!」と言った私には、終始目を合わせることもなかった。

その日から二日経って、私はまた電車の中で興味深いできごとを持った。私は座席にかけて、膝にトートバッグをのせていた。入って来て、急ぎ足で私の席の前に進んだ女性の靴のつま先がしたたかに私の靴のつま先を踏んだ。痛い! と声こそあげなかったが、相当に痛かった。踏んだ感触はご当人には分かっていたはずだがこの女性も無表情で、あやまる言葉はなかった。

彼女は〝黒衣の女〟と言ってもいいくらい、黒ずくめの服装で、靴も黒ならバッグも黒だった。バッグは大きくて、紐は肩にかける長さだ。彼女はときどき、そのバッグを肩にかけたり、下ろしたりした。下ろしたとき、紐が長いので、バッグは私の膝の上のバッグがへこむくらいにあたった。しかも、一度ならず二度まで。二度とも黒衣の女は無表情。「すみません」もなかった。

心の中で黒衣の女なんてあだ名をつけた私は、この現象を不思議ともおもしろいとも思い、あやまるということについて考えはじめた。なぜ、あやまらない人がいるのだろう。子どものときから、人に失礼なことをしたら、瞬時にあやまるというしつけも受けず、あやまる習性がまったく養われていないまま、無神経なおとなに育ったのか。また、人に触るということがマナー違反だという意識が、人々の間に行き渡っていないからだろうか。

楽しい思い出が蘇ってきた。パリにひとり旅したときのことだ。私はバスに揺られていた。隣にすわったおじさんはすこしふくらんだ大封筒を持っていた。バスが揺れた。大封筒はおじさんの手から離れ、触れたか触れないかくらいの感じで、私の膝先をかすめて落ちた。おじさんはしゃがんで、右手で封筒を取ると同時に、左手で帽子を取り、私の目を見て、すかさずこう言った。

「パルドン、マダム」

鮮やかな瞬間芸。パリのムッシューはかっこよかった。

すみません、奥様という意味のこの言葉を、おなじ旅の中で、パリ郊外のジベルニーにあるモネの庭でも聞いたことがある。「睡蓮《すいれん》の絵」で有名な太鼓橋の手すりにもたれて、私は池を見ていた。橋の向こうで楽しそうに遊んでいた三人の男の子が遊びをやめて、私の前を走り過ぎるとき、三人が三人とも、こう声をかけていった。

「パルドン、マダム」

前を失礼します、ということだ。子どもながらのみごとなマナー。幼時から頭に刷りこまれている言葉にちがいない。

私はわが古典教室で、あやまり下手の二人のエピソードに添えて、パルドン・マダムの話もした。最後に「なにか、皆さんにいい思い出は？」と訊くと、Mさんが微笑しながら答えた。

「電車の中で、おじさんに本を入れたバッグがあたってしまったので『すみません』と言ったら『いいえ』と笑顔を返したんです。『いいですよ。気にしなくても』という感じの『いいえ』でした。完結しますよね」

いい話といいコメントを聴いた。そう。完結なのだ。瞬時にあやまり、瞬時に「いいえ」と返す。この簡単な応酬が基本のキなのだとあらためて感じた。人と人、国と国との間でも、あやまり上手とあやまり下手では、親密、円滑なつきあいの度合いが大いにちがってくると思う。

三つの約束

一カ月前から、なぜか、両脚が大むくみで、パンパンにはれて、揉《も》もうとして揉めない。いつもはトントンとあがる階段も、手すりを固くにぎって慎重にのぼる。バスタブも縁が高いので入浴も大変だ。前から、ときどきむくむ気味はあったのだが、今回はとりわけひどい。

いつも脚をぶらさげて執筆しているし、タクシーにばかり乗っているので、ツケがまわってきたと思った。

一カ月に一回定期的に通う病院の主治医S先生に窮状を訴えると、いろいろな体操をみずから実演してくださった後、

「足揉み機を買いますか。私が選び、次に来院されたとき、業者を呼んで使い方を説明してもらいますが……」

とおっしゃった。即座に「買います」と答えた。

「自立できることは自立するが、できないときは人の手や道具の手を借りるのもかしこい方法ですよ」

とおっしゃる言葉に私も同感した。教室にいく道で、生徒さんに会うと「バッグ持ってくださる?」とか、坂道では「手をつないでくださる?」とか、この頃は臨時秘書をお願いすることが多くなっているのだから。

病院の帰り道に、『徒然草』の兼好さんの言葉が胸に来た。〝走りて坂をくだる輪のごとくに衰へゆく〟――まあ、いいかとさぼってばかりいると、坂道をころころ転がる輪のようにたちまち老化してしまうぞ、というこわい言葉だ。

ほんと。ボヤボヤしていると、私の心の中にうち立てている三つの約束のうちの一つが守れなくなってしまうぞと、いまさらのように自戒した。三つの約束とは、私がいのちの最後まですこやかに生きぬき、生きこむために、大切に守ろうとして、心に言い聞かせていることである。

①　ていねいに体をいたわる。できるだけ動く。食物にも充分気をつけて。
②　頭を絶えず動かす。磨き続けているものは衰えない。
③　情感、感覚も大切。心やさしく、こまやかに生きる。

足の老化は①のサボリである。去った夏のあまりの猛暑に夏バテして食欲もなくなり、活きのいい野菜をゆでて、ゆで卵とロースハムをあしらった定番の朝サラダもずっと中止していた。さまざまなことが投げやりになっていた。心を入れ替えよう。

②は、いまのところ、うまくいっていると思う。連載の注文は四本。これは心して、ていねいに書き、締切りも守っている。一時間半の講演を頼まれると、台本なしで、なるべく具体的な話を心がけ、「いろいろ寄り道しますが、着地はちゃんとしますので、うまくいったら拍手を」なんて言っておいて、着地もきちんとするから、とても愉しい雰囲気になる（自画自賛かな）。

③の要点は、喜び上手、ほめ上手ということではなかろうか。『枕草子』の

清少納言の〝なにもなにも小さきものは皆うつくし〟――このうつくしという言葉はいとしいという感情がこもる言葉だが、舗道のすきまに、できるだけ日光を浴びようと、ロゼット状に葉をひらいているタンポポなどを見ると「一所懸命に生きているなあ」と、私はいじらしくなる。人に対して、礼を言い、ほめ、祝い、見舞い、わびるなど、それぞれのときに、たっぷりすぎるほど、こちらの心をこめるようにしている。

それを形にしてあらわしたものは手紙ではなかろうか。手紙の本も数冊出しているが、日におよそ、三、四通は書く。大変忙しいので、ほとんどが葉書。罫《けい》の入った愛用の葉書に、万年筆で書く。インクは明るいブルーだ。

ご参考までに、今日書いた中の一通の葉書をご紹介しよう。教室の生徒さんの一人がおいしいものを宅急便で送ってくださったことへのお礼状である。

〝お心のこもったおいしいもの二品の贈り物、対談とか執筆の続いた日に、ほんとうにありがたく重宝しました。天理のカップ入り即席にゅうめんは、もう二〇年くらいも前に山の辺の道をひとり歩いて、三輪そうめんの本家で賞味した、にゅうめんの味に似てなつかしゅうございました。透けた袋の上から見てもおいしそうなかきと生姜《しようが》のしぐれ煮は今夜賞味しようと楽しみにしています。いつもいつも思ってくださること、ほんとうにありがとうございます。寒い日々、ご自愛を！〟

てのひらの上に載るくらいの紙面にも、これだけの感謝の気持ちは盛りこめるのだ。

三つの約束をどれだけ守りきれるか。前向きな意志を加えて、日々は結構明るく運ばれている。そして足揉み機との対面を心待ちにしている。

前向きの合い言葉

オールコット著の『若草物語』の中に、次女のジョーが、原稿を焼いた末の妹エミーに対して、決して許さないと、一日中口もきかない場面があった。ジョーにおやすみのキスをするとき、母はその耳許にこうささやく。

「怒りを日の入るまで続けるな、と聖書の中にあるでしょう」

若い日に、ここを読んだとき、聖書の文句というのは、日常の些細《ささい》なところまで入りこんで使われているなあ、と感心した。

宗教心の薄い私は、仏教の経典にもキリスト教の聖書にも、あまりなじみがない。私が自分を戒めたり、励ましたりするとき、重宝に使うのは、娘時代から親しんでいる日本の古典の言葉である。それも格言めいたものではなく、何気ない文章の行間からつかまえたものが多い。

〝さてもあるべき事ならねば〟という、まるで侍が使うような言葉だって、いまは私の心の中に溶けこんでいる。

どんなところから拾ってきたか。少し長くなるが紹介しよう。出典は『平家物語』――平清盛が全盛を極めた西八条の邸が舞台である。清盛は妓王《ぎおう》という白拍子《しらびょうし》（平安末期の歌舞、及びその舞い手）の舞姫を寵愛していた。だが、あるとき、加賀の国から、仏御前《ほとけごぜん》という年若な白拍子が出てきて、呼ばれもせぬのに西八条に推参《すいざん》して、清盛の前で舞を披露。その美貌、その舞い振りのあでやかさに清盛はたちまちとりこになり、仏に邸にとどまれと命じた。妓王に遠慮して、仏が固辞すると、「それならば妓王を追い出そう」という仕儀になった。

妓王は三年間住み慣れたわが部屋に戻り、掃除する。一瞬の愛の凋落《ちょうらく》に涙がとどまらない。ここに〝さてもあるべき事ならねば〟という言葉が、その名残を切り捨てるように出てくる。〝そのままでいることはできないので〟〝ぐずぐずしているわけにもいかないので〟〝猶予は許されないので〟というような意味なのである。

私は、この言葉を暮らしの中のいろいろな場面にうまく使っている。最近、私は暖かい毛布とシーツを新調したので、その心地よさに、朝、目が覚めても床を去りがたい。おまけに足もまだすこしむくんでいるので、もうすこし、もうすこし、とぐずぐずしている。そんなとき、役に立つのが〝さてもあるべき事ならねば〟である。「今日は原稿の締切り日ではないの。このまま寝ているわけにもいかないでしょう。さっさと起きて書きなさい」と心が言う。

この言葉は、ほかの場面にも、もちろん使われる。本や資料や切り抜きファイルが山と積まれて、足の踏み場もないほど、部屋が大乱雑になったとき、この言葉は「部屋をゴミ屋敷にするつもり？　さてもあるべき事ならねばでしょう」と、うるさいほど耳許に繰り返されるのだが、原稿の執筆に先を譲ってしまい、なかなか腰があがらない。

さて、〝さてもあるべき事ならねば〟には恰好《かっこう》の合い言葉がある。それは『徒然草』の中にある〝筆を執れば物書かれ〟という言葉である。筆をとれば自然に物を書くことができる、という可能の意味ではなく、筆をとれば物を書くようになる、という自発の意味なのである。

書くのがめんどうくさく、書きたくないなと思っても、とにかく書く道具を手に持ちなさい。そうやって、自分の心を書く方向に持っていくのだ。道具を手にすることが先決なのだ。

じつは、この文章。〝物書かれ〟の後にはこう続く。

〝筆を執れば物書かれ、楽器を取れば音《ね》をたてんと思ふ。盃を取れば酒を思ひ、賽《さい》を取れば攤《だ》打たん事を思ふ〟——盃を取れば酒を飲みたくなり、サイコロを持てばバクチがしたくなるのだ。つまり、道具を持つことによって行動もまた、いい方にも悪い方にも向かうのだ。皮肉たっぷりの兼好の言葉だが、私はもっぱら〝筆を執れば〟という自分にとって有用な部分だけを採っているのである。

読者の皆さんも、私のこの合い言葉はお役に立つのではなかろうか。何をするのもおっくうで、ジトッとしていたいとき、こう考えるのだ。〝包丁を取れば、おいしい料理が作られる〟〝スポーツシューズを履けば、散歩される〟〝便箋、封筒を揃えれば、手紙が書かれる〟

みんな、自然にそうなるという感じである。

多彩なバラエティーが楽しめるこの前向きの合い言葉。皆さんにも大いに応用していただきたいと思う。

日々は貴重な黄金の粒

今年（二〇一四年）のはじめ、集英社から出したエッセイ集『人生のお福分け』というタイトルにちなんで、小さな講演会を頼まれることがある。お福分けとはお裾分けと同義語だが、上から目線の感じがなく、しあわせを分けるという意味も好きなので、私はよく使う。私の人生のお福分けとは、古典の中の言葉とか、いままでの人生で触れあった人の親切とか身にしむ言葉とか、私自身の体験からも深く感じたことなどを、聞き手や読者に伝えることである。

明日、その講演会があるという夜、考えた。古典の中で私にいちばん強烈な印象と影響を与えている言葉は何だろうか、と。あった。あれだ。『徒然草』の兼好の言葉。

存命の喜び、日々に楽しまざらんや。

この世に生きているということは喜びだよ。だから、毎日楽しんで生きていないということがあってよかろうか、という意味である。

私はもう一押し、つっこんで考えてみた。この一行の言葉の中には、喜び、楽しむという二つのよく似た前向きの言葉がちりばめてある。まず、存命の喜び――これはもうおきまりのこと。生きているからこそ、さまざまの喜怒哀楽がある。たとえ、悲しみや苦難に充ちていようとも、それを弾き返して生きぬくこともできる。死は無である。なにもない。生きていることを、まず喜びと捉えよう。だから日々楽しんで生きなければバチがあたる。この日々という言葉の重さに気づいてほしい。ただ人生を楽しく生きようという提案ではない。日々に、とこまかく刻んで生きるのである。私などいつか九二歳という大変な年になっているので、そんなにたっぷりと存命の喜びにあずかることはないと思う。日々は貴重だ。黄金の粒だ。てのひらから無駄にサラサラこぼすのはあまりにももったいない。

日々に。この言葉に敬意を表して、私は毎日毎日大なり小なり楽しむことを考えた。何もないなあ、と思う日には、無理にでも目を凝らし、思いを澄まして、どんな小さなことでもみつけ出すことにした。日々に楽しむ。兼好の言葉に添うには意志も要るのだ。

最近の楽しかったことを思い出すままに記してみよう。

大きな楽しみがあった。これはちょっと自慢めいた話になるが、『女性のひろば』の読者の方は素直に聞いて、一緒に喜んでくださると思う。過去五年間に出版された古事記関係の本を全国の図書館司書の方々が七冊選んでくださって賞を与えられた。私の小型のかわいい本『古事記の恋』（いきいき株式会社）もその中に入り、なんと三重県から「本居宣長賞」をいただいた。この国語学の眩しいまでの大先輩の名の賞をいただき、私は深いしあわせを感じた。ああ、私もコツコツとていねいな仕事をしてきてよかった。これからも――。心にそう言い聞かせた。

日々には、そんな大きいいいことばかりではない。チッポケなことだって充分に楽しいのだ。ある日、ソファにかけて、テレビを観ていると、飼い猫のりこが、そっと両脚を私の膝にかけて、こちらを見上げた。その重み。そのあたたかさ。撫でてやると、毛並みのやわらかいこと。見上げる瞳が金色に光る。黒猫なので赤い首輪がよく似合う。なんと美しい猫。これが私の同棲者だ。これもまた日々の楽しみのひとつである（もう一匹、おじさんという名の野良猫あがりのデブちゃん猫もいる。哀愁をおびたハンサムで気だてが実にいい）。

思いがけない人の親切に触れる楽しさもある。ある夜、冷蔵庫を開けてみると、中が真っ暗。気になったまま、翌日は横浜まで講義にでかけるので、そのままにしておいた。だがでかける前に、知り合いの若い電気職人に電話しておいた。隣の県に住む人だ。以前、エアコンを入れてもらったご縁がたよりだ。

「いま、房総の木更津まで仕事にきてます。とても忙しいけど、帰りに寄ります」とうれしい返事。私が講義から帰った直後、彼はあらわれた。「冷蔵庫と小さな電気ストーブとパン焼き器を一緒に使ったでしょう。ヒューズが飛んだのですよ」

ヒューズを直して一発で解決。私の無知がはずかしかった。それにしても、房総のかなたの一日労働のあと、迂回して遠くまでかけつけてくださった親切のうれしさ。私は、おきまりの出張費に添えて、近所のいちご園の摘みたていちご一箱をお土産にした。この日も大きい楽しさマークの日であった。

さて、今日はこの『ひろば』の原稿。何を書こうかとここ数日頭の中で内容をころがしていたが、ちょうど締切りの日に間に合った。集中して原稿を書き終えたあとの晴れやかな達成感こそ〝日々に楽しむ〟ことの究極の楽しみといえよう。日々は貴重な黄金の粒。楽しみながら、前向きに生きこんでいきたいと切に思う。

異国の旅で聞いたいい言葉

もう二十数年も前になるので、それがどこの町だか、はっきりとは覚えていないが、多分エジンバラだったと思う。

私は草地の中の一本道をスーツケースを両手にさげて歩いていた。ふつうなら、空港からホテルまでタクシーを頼むのに、何故そんな状態だったか分からない。ただ、その一本道は、映像の中にくっきりと描き出せる。

向こうから一人の中年女性が歩いて来た。イギリスでよく見かけるおばさん。衿のあるブラウスにカーディガン、スカート。それも着古した感じである。彼女は私に近づくと、ちょっと心配そうな顔になった。そして、私の前まで来ると、立ちどまり、

「キャン・ユウ・マネージ?」

と訊《き》いた。

マネージとは操縦とか管理とかいう意味だが、どうにかこなせる、という意味も持っている。彼女の言葉をその心を汲んで、ていねいに翻訳すれば、

「あなた、一人でスーツケースを二つも持って、大丈夫? うまくこなせる?」

ということであろう。

その心づかいがありがたかった。私は微笑して答えた。

「サンキュウ。アイ・キャン・マネージ」

ありがとう。大丈夫、私一人で何とかできます。という意味である。

「キャン・ユウ・マネージ?」という言葉は、それ以降長く私の胸に残った。

どこか不安そうな人、むつかしそうな状態にある人を見た場合、「大丈夫ですか」と声をかけることを、日常生活の中で、私たちは彼女のように自然に行うだろうか。また、相手がほんとうに困っているとき、「キャン・アイ・ヘル

プ・ユウ?（お手伝いしましょうか）」とまで言葉を進めるだろうか?

旅の路上でのこの会話は、今、九二歳で一人暮らしをしている私にもあてはまる。

「まあ、一人で何でもしていらっしゃるの、大丈夫ですか」

と訊く人も多い。私は「ええ、どうにか一人でこなしています」と答えることも多いが、この頃、「カバンを持ってくださる?」とか、「一日秘書になってくださらない?」とか、教室の生徒さんたちに頼むこともしばしばである。「アイ・キャン・マネージ」だけでは立ち行かない。心をゆるやかに柔らかく持って、人に頼みたいときには素直にそれを口に出すという姿勢で生きているのだ。なにか頼むと、

「ええ、喜んで」

と言ってくださるその言葉のうれしさ。

「喜んで」という日本語は、私に、これも遠い日に旅したカナダ、プリンス・

エドワード島で聞いたいい言葉を思い出させる。

それは、『赤毛のアン』の取材のため、雑誌の編集者とカメラマンと私の三人ででかけた旅だった。シャーロット・タウンに一週間ばかり滞在するぜいたくな旅の中、ある日、島のあちこちを走り廻った後に、農家のおかみさんの作るケーキを取材することがあり、私だけ先に帰ってホテルで休んでいいということになった。そこで、その農家の、年配のご主人が車で私をホテルまで送ってくださった。私はまだ英語の個人レッスンも取っていなかった頃なので、車中はあまり会話もなかったと思う。

ホテルに着いたとき、私は言った。

「サンキュウ・ベリ・マッチ、フォア・ユア・カインドネス」

ご親切、ほんとうにありがとうという意味だ。農家のおじさんはにっこり笑って、

「マイ・プレジャー」

と答えた。プレジャーというのは喜び、楽しみという意味だから、ここも彼の心を汲んで訳してみると、「とんでもない。あなたを車で送ることができたのは、私の喜びです」ということになる。

何度思い返しても、親切心のあふれたいい言葉だと思う。だが、これはおじさんの個人的な言葉ではなく、英語の常套句《じょうとうく》である。それにしてもあたたかい言葉だなあと感心する。

私の一人暮らしは、今のところ「アイ・キャン・マネージ」の分量がかなり多いが、人に頼むことも、最近いろいろふえてきた。「喜んで」と答えて、心から助けてくださる方をたくさん持っていることは、なんと幸福なことだろう。私自身も、なにかお助けできることは喜んでして、「マイ・プレジャー」の心境でいたいし、きちんと言葉にも出したい。

異国で聞いた二つの言葉は、私の一人暮らしの心の芯に響くいい言葉だと思う。

九三歳　楽しい日々

春の嵐

兼好法師の『徒然草』の中にこんな言葉がある。「今日はこのことをしようと計画していても、思わぬ邪魔が入ってできなくなる。ところが、できないと思っていたことが、不思議にできてしまう日もある。とにかく世の中は不定《ふじょう》なのだ」

今年（二〇一四年）の三月、四月、私の生活にはこの兼好のことばがぴったりとあてはまった。今年三月の終わりには母校奈良女子大学（私の在学中は女子高等師範学校）の同窓会の創立一〇〇周年記念式があり、同窓生代表として招かれ、スピーチを頼まれていた。光栄に思い、うれしく、その日を楽しみにどんなに待ちに待っていたことか。娘時代四年間過ごした奈良の地もなつかしく、春日の森を歩いて人なつっこい鹿や馬酔木《あしび》のたわわな白い花房にも会いたかった。

その日まで、体も節制して、元気な若やかな姿で行きたかった。

ところが、昨年の秋ごろからか、両脚がパンパンにむくみはじめ、歩くのが重だるくなった。主治医に「奈良に行けるでしょうか」と問うと「行けますよ」と受け合ってくださるのがうれしく、その日の晴れの洋服まで用意していた。

だが、むくみはなかなかおさまらず、おまけに二月終わりごろには両脚の甲に水ぶくれがたくさん出はじめた。連載を四本持っているし、税務署への確定申告も自分でするので、そのころは多忙を極めていた。申告をすませて病院に行ったのは、奈良への旅の一〇日前だった。

主治医は首をかしげて、「採血してみましょうか」と言われた。その結果、ひどい貧血だとわかり、即日入院となった。入院八日間。いろいろ検査の結果、貧血の原因は腸内に巣食う癌だとわかった。そして、私の奈良への旅はただ〝春の夜の夢〟となった。

しばらく家に帰って、四月なかばから本番の再入院。手術した。まさに兼好の言う〝今日はこのことをしようと思っていても、思わぬ障害が入ってきて叶わず〟という言葉のとおりである。

このことは私にとって思いもかけぬ春の嵐だった。とりあえず四つの連載はすべて一カ月休載にしてもらい、三カ所にある五つの古典教室も、五教室休んで、九月から再開する山の上ホテルの教室を除き、あとはみなキャンセルした。大勢の生徒の皆さんとは、もう親身の仲である。別れることは身を切られる思いである。だが、体には代えられない。

入院中、さまざまのことを思った。病気をして入院などするときは、自分の弱いところや恥ずかしいところをさらけ出し、赤ん坊のような心にならなければいけない。まっ裸になって体を拭いてもらいながら、おしめを換えてもらいながら――赤ん坊のような心になっていなければならぬと感じた。手術を終えた夜は眠れなかった。時が秒、分という短い単位で運ばれていくことを如実に体で感じた。

お世話してくださった看護師さんたちは、やさしく親切だった。最初の入院と再入院を合わせて二カ月くらいはいたので、彼女たちの仕事ぶりを身近につぶさに見ることができた。激務である。廊下を行くとき、彼女たちは皆小走り気味である。

彼女たちのサポートあってこそ、私は苦痛を乗り越えることができた。弱者になったとき、そのことが心にしみてありがたかった。持ちつ持たれつの世の中なのだ。入院中のこんな会話を思い出す。

「ごめんなさい。こんな汚いことをさせて。ほんとうにありがとう」

「大丈夫ですよ」

その答えのなんと頼もしかったことよ。

痛みに眠れない夜はこんなことも考えた。私の痛みは今日より明日の方が軽くなり、やがて消えさるであろう。だが、毎日毎夜痛みに苦しめられつづける人もいるのだ。大きな声をあげないけれど、無数の病人が呻吟《しんぎん》の声をあげているのだ、と。

入院三〇日間は人生というものを考えさせるこよなきチャンスを与えた。長い人生の途上、ときには体を修理工場に入れなければならぬときもある。そのときは素直に入ろう。

修理工場に入って、修理をしてもらった私の体は術後順調である。退院後は仕事を適当にセーブし、家中をもっとかたづけて、シンプルにし、花を飾り、ときには親しい人々を呼び、ゆっくりと人生を語ろう。

思わぬ病気からゆとりの必要を感じた私は、兼好の「できないと思ったことが不思議にできたりする」という言葉と同じ思いを持った。大好きな仕事なんかセーブすることはできないと思いこんでいた私が、思いきって仕事を切り捨てることは神の啓示のような不思議なことである。

父を想えば

一カ月半も病床にいたので、何にもすることがなくて、私はもっぱら回想に耽《ふけ》った。とりわけ頻繁に思い出し、エピソード集でも編めそうだった存在は父だった。

父は五六歳で亡くなった。私が結婚し、二人の子をもうけた直後だった。

山口県の瀬戸内海沿いの町の農家の次男だった。家も田畑も相続できるのは長男だけなので、父は警察官への道を選んだ。非常に勉強の好きだった父は、昇格試験に次々に挑戦し、私が高等女学校に入るころには署長になっていた。

あれは父の受験勉強だったと思うが、私の小学校六年の時には夜な夜な二人で四字熟語の勉強をした。一人娘の私は父のよき学友だった。

その頃の楽しいエピソードがある。小学六年の男女生徒全部が講堂に集まり、実力試験を受けたことがあった。生徒たちは皆床にすわり、父兄たちは後ろにズラリと横一列になって立って見ていた。ＰＴＡのことをその頃は父兄会と言ったが、名称は父兄といっても実際に参観に来るのはほとんど母親、うちの父などは希有な存在だった。振り向くと、父は横一列の真ん中に立ってこちらを見て微笑した。

試験用紙が配られ、皆は答えを書きはじめた。四〇分ほどして用紙は集められ、先生方がその場で採点された。そして、結果発表。「二〇〇人のうち、一〇〇点がたった一人ありました」と私の名前が読みあげられた。うれしさに胸がふくらみ、ふり向いて父の顔を見たかった。だが、採点結果の説明が続き、その後私がふり向いた時、父の顔はそこにはなかった。お父さんたら、大事な時にいなくなって――私は不満だった。

その日、帰宅してみると、父と母がニコニコして迎えてくれた。母が言った。「お父さんはあまりうれしくて、すこしでも早く私に知らせようと思って飛んで帰ったのよ」。小学校は坂道の上にあった。坂道を転ぶように走って帰る父の姿を想うと胸が熱くなる。

高等女学校に入ると、私は奈良女子高等師範学校（現在の奈良女子大）の文科を目指した。「女の子が勉強なんかすると、生意気になるばかり」というのがその頃の世間の声。だが、父はそんな雑音に耳などかさなかった。父は娘の受験勉強に精出す姿を喜び、母は毎晩、私の部屋の隅で編み物などしてつきあってくれた。

合格した奈良の寄宿舎に父は付き添ってきた。全寮主義の学校だったから、同室の上級生が私の荷物を解くのを手伝ってくれた。行李の縄など束ねて結ぶ上級生を見て、父は「ほら、お姉様方が手伝ってくださっているではないか。お前はぼうっとして、ほんとうに役に立たん」と叱るのだった。父が帰るので、私は駅まで送っていった。すこし風邪気味で、軽い咳をしながらついていった。父は道々「お姉様たちの言葉のいいのを見習え」など、まだお説教をしている。早く駅に着かないかなあ、と思った。寮に帰って三十分くらい経ったとき、一通の電報を受け取った。〝「カゼハヤクナオセ」チチ〟とあった。母は在学中、一度だけゆっくり私の学生生活を見に来たが、卒業式に列席したのはもちろん父だった。

奈良からの帰り、二人は大阪の心斎橋を歩いていた。父はとても機嫌よく「着物を買ってやろう」と言ってしにせの小大丸に入って行った。正面のショーウインドウにピンク地に古典柄の大好きな着物がかかっていた。大変高価だった。奥に入って、番頭さんが次々に膝に広げて見せてくれる反物を見ていても、私はあの着物が心から離れなかった。おずおずと「ほんとは、私、あそこのショーウインドウのものが一番好き」と言うと、父は即座に「買うてやる」と言った。いま思うと父は自分と娘の学問の実りの内祝いをしたように思う。

店を出て、父と二人心斎橋を歩いていると、スナップ写真を撮る人がいて、買わされた。だが、なんとばかなことをしたのだろう。私はぼんやりとした顔をした自分の顔が気に入らなくて、父の分だけを残し、自分の側は剪《き》り落とした。若い日の愚かさは宝物でも惜しげなくドブに投げたりするのである。

父がその聡明さを思いっきり発揮してくれたのは、私の結婚のときである。奈良の学校を出て母校の下関高女の国語教師として帰った私は、同僚の清川先生と真剣な恋をした。だが、結婚はできぬものとあきらめていた。何故なら、彼も私も一人っ子。当時の法では個人よりも家が大事。私が清川に嫁げば、わが家は絶える。父は一計を案じた。まず親類から男の赤ちゃんを養子にもらい、私を清川と結婚させ、その後、赤ちゃんにはお礼金をつけて返したのだ。これでわが家は絶えた。その時の父の名言がある。

「宮様の家でもあるまいし、こんな小さな家が絶えたって何ともない」

世間体のことなど考えず、ただ娘のしあわせを望み、父は当時にしては珍しい英断をしたのだ。父を想えば、厳格な面やユーモラスな面もふくめて、慈父の像が浮かぶ。父は私がもの書きになったことを知らない。

嫁さんと私

『枕草子』の中に「ありがたきもの」という皮肉なおもしろさを持った段がある。その冒頭は、

ありがたきもの。舅《しゅうと》にほめらるる婿《むこ》。また、姑《しゅうとめ》に思はるる嫁の君。

「ありがたきもの」とは、あることがむつかしいものというのが原義で、そこから、めったにないもの、珍しいものという意味になる。舅と婿は得てして同性反発を招きやすく、姑と嫁とは息子をはさんでジェラシーという厄介な感情があるのだろう。

うちの嫁さんと私はどうなのか。ところが、これがいたってフレンドリーな

関係なのだ。嫁さんの名は千恵子。亡き息子一史の妻である。一九年前に、一史はすい臓がんのために四九歳で亡くなった。私の夫――つまり一史の父が亡くなって半年後あとを追った。

一史が千恵子を「この人と結婚する」とわが家に連れてきたとき、私たち夫婦は一目で彼女を好きになった。

じつは一史は耳が聞こえない。山口市から千葉・市川の国府台に一家移住したのも、そこに国立ろう学校（いまの筑波大付属）があるからである。一史は極めつきの勉強好きで、ろう学校の高等部から早稲田大学の第二文学部に入り、日本史を専修し、都立ろう学校の教師となった。自慢の息子である。その彼がこれぞと選んだ相手。いい娘でない筈がない。そう思うと、もう理屈も何もなく、私たち夫婦は彼女をあたたかく迎え入れた。千恵子も難聴だが、補聴器をつけていて、立派に会話ができる。

披露宴は、千恵子の家のおなじみの中華レストランで、お世話になった先生方や親類だけを集めて、こぢんまりと行った。

そのときの千恵子のスピーチが印象的だ。

「一史さんと結婚できて幸福です」

たった一行。でも短い言葉の中に、すべての思いはこもっている。素直で可憐だ。

二人の幸福な一五年の生活は、一史の病気で突然に絶たれた。

いま、千恵子は実家で姉と彼女と妹の三人姉妹で暮らし、みんなそれぞれ働いている。

千恵子が「働きます」と言って、わが家に来たのは、一史他界の数年後だったろうか。難聴でも、目を使ってできる仕事――パソコンで生命保険の事務の仕事を彼女は選んだ。

「体の続くかぎり働きます」

と、私に言った。けなげな言葉だった。その言葉の通り働き続けている。もう六一歳になったので、定年となり、その後は働く時間も給料も減った。「でも、仕事があるのはうれしいし、一史さんの年金もあるので、お金のきた日は、写真の前で『ありがとうございます』と言ってます」

わが家に来たとき、そんな話になると、話は自然に壁にかかった彼の写真を見ながらになる。

「一史って、あの俳優に似てない？　ほら」と、私が言えば、

「豊川悦司」

と、千恵子がすかさず答える。

「並べてみるとそんなに似ているわけではないのに、なんというか、雰囲気がそっくりなのね」

「テレビに出てくるとゾクゾクします」

と千恵子。二人の会話はまるで一史という共通の恋人を語っているようで愉しくおかしい。

さて、千恵子については、おもしろいエピソードがある。一史が亡くなった直後、彼女は私に言った。

「家に入ると、ときどきピカピカッと光るものが見えるんです」

「あら、それは一史ががんばれと言っているのよ。一史はまだ千恵子さんの傍にいるのよ」

私は霊感というものを信じないけれど、千恵子を勇気づけたかったのだ。それからも、一年に二、三回彼女はそのピカピカッを見るという。

今年になって、私が入院したときは、たびたび見舞いにきたし、退院してからは、ほとんどの日曜日に来てくれるようになった。手土産は手作りのいなりずし。小さな楕円形にしっかりとしめている。味がしみこんで、なつかしい濃い味。「おいしい。また作ってきてね」と言ったら、毎週持ってきてくれる。

先週の日曜日、玄関まで送っていったとき、私は言った。

「このごろ、ピカピカッはどう?」

「いいえ、ちっとも来ません」

「ああ、それはもう一史が安心しているからよ。もう大丈夫、元気で働いているな、と」

帰っていく姿を見送りながら思った。

亡き人を濃く思い出している間は、その人にとって亡き人ではない。亡き人のことを誰も思い出さず、語りもしなくなったとき、亡き人は真実亡き人となる。

千恵子にとって、一史は、いつも傍らについていて、共に生きている人なのだ、と思うのだった。

介護される日々も楽し

千曲川の古城のほとりではないけれど、江戸川の東、里見城址のほとりにわが小さな二階建ての家はある。山口から一家転住して、六〇年余、夫、私、長男、長女の四人家族のうち、夫と長男は二〇年前に半年の間に続けて逝った。長女は結婚して、わが家の近くに住む。

私はこの高台の家に二〇年前から一人暮らし。五〇坪の土地を買ったとき、名木といわれる椿《つばき》の木（一つの木に深紅と紅白しぼりの二種の花をつける）があっただけなのに、夫が四季折々に花咲く木を家のまわりにびっしりと植えてくれた。

今年三月まで、週二回のよきパートのお手伝いを得て、いきいきと快適に暮らし、人も驚くほど仕事もたくさんこなしていたのに、三月末からわが暮らしの様相は急転。足のむくみから、ひどい貧血が分かり、その原因が、体内にひそむガンのしわざだと分かった。即日入院、検査、検査……。再入院して処置。結局五月末までの長期入院となった。いまは退院後二カ月のまだはかばかしくない体力なので、二階のベッドルームから一階におろしたベッドにひまさえあれば寝ころんでいる。

三月まではさっそうたる一人暮らしだった内容も大きく変わった。入院中、介護申請をしていたので、退院後、すぐに許可がおりて、介護暮らしが開幕したのである。

花咲く木に囲まれた小さな家の一人暮らし。書斎で集中して原稿を書く私の大好きなこのパターンはいちどきに変貌。なんと毎日、毎日一人か二人か訪問看護師さんかヘルパーさん（主として家事）が来訪され、だれもこないのは土・日だけ。

はじめはすこししょげていた。いろいろな雑誌の連載を四本も持つ私が要介護か。できるだけ最期まで一本立ちしていたかったのに。

だが想像と現実は大いにちがう。介護してもらう生活。これがまたじつに楽しいのだ。

まず訪問介護は火・金の週二回。四人くらいの方がその日によって人が替わるがほぼレギュラーである。頭の上から全裸のからだにシャワーをかけてもらう。体にはやさしい液体石鹸、髪もリンスつきのシャンプーでごしごし洗ってもらう。顔にもおかまいなくたっぷりぬるま湯を。この治療のなんと気持ちのよいこと。

背中のかゆさなどふっとんでしまう。この全身シャワーは気持ちのよさもある代わりに、遠泳をしたくらいの疲れもあるのだが、それはその後ぐっすり眠る楽しみによって癒される。

看護師さんたちはみな若い。日に五軒くらい廻るという。ハードワークだ。家に入ると、さっとTシャツと短パンツの作業着に着替えて準備にかかる。私だったら一回のシャワーだけでビチャビチャに濡らしそうだが、さすがプロ、ちっとも濡らさない。シャワー後のほんの短いお話も楽しい。みなさん、この仕事が大好き、人が好きとおっしゃる。その気持ちはお顔にあふれている。

水曜日の訪問者はリハビリの先生だ。理学療法士という肩書きつき。まだ少年のおもかげ残る若くさわやかな先生。一時間の治療のうちもみ療法四〇分ほど。力の入れ方のバランスが微妙でなんともいい気持ち。あとの二〇分は短い体操だ。

早くスタスタ歩けるようになりたい。これが私の夢である。そして、私の四〇代はじめからの清川塾の延長である山の上ホテルでまた講義をしたい。

水曜日の夕方はヘルパーさんが来て、お手洗いと風呂と台所のお掃除。私の気づかない隅々までピシッときれいにしてくださって、この頃はわが家もすこしいしいまっている。

木曜日の午前中に訪問医師が来訪。若いこの先生もやさしい。でもふとうつむかれたときなどの目の光のかしこさ。この方にこれからはいろいろな小さなことも相談できると思うと、心の中に安心感がひろがった。

水曜日の夕方のヘルパーさんにもう一日お願いして、家中にたまりにたまった本や資料や手紙などの整理も手伝ってもらうことにした。

「これは要りません」と私が言うと、大きさごとに集めた本を、きちっと紐で結わえてくださる。その結わえ方ひとつ見ても、片付け大好きという気性があらわれている。「ゆっくりと夢に向かってすすみましょう」と言いあって仕事をしているが、一年二年かけて、部屋の中が整然と片付く日を待とう。

まず訪問する方と仲良くして、来訪の時間を楽しい期待の時間にしよう。訪問する方も、妙さんと話すと、心が明るく、若くなる、年の差なんか感じないと言ってくださる。それは私もおなじだ。私の心も明るく、若くなる。

介護されつつも、私の心がそうなるのは何故だろう。それは、私に連載四本の執筆と、山の上ホテルの二教室の出講という仕事があるからだ。

介護を受ける日々にも仕事というものがしっかり根を張っていることを、自分自身で祝福した。

この快適な要介護暮らしの中で、生き終わるまで充実して暮らしたい。

何でもリハビリ

介護を受ける日々の中には、週一回一時間のリハビリのレッスンもある。

リハビリとはリハビリテイトという動詞を略していった言葉ということと大体の意味は知っていたが、なんでもすぐ辞書をひいてみる私の習性に従って、このたびもそうしてみた。

すると驚いたことに、手持ちの英和辞書にはこう出ていた。

病人や犯罪者を社会復帰させること。

犯罪者とは意外だったが、とにかく、社会から離れていた人をもといた場所に戻すことなのだ。私もリハビリに励んで、いまは休講している山の上ホテルの古典教室に復帰したいと思う。執筆は病中にたった一回四本の連載を休んだだけだが。

リハビリの先生は若い理学療法士で大変やさしい男性である。一時間のうち四〇分くらい、むくんでよちよち歩きの足を、丹念に揉んでくださる。その気持ちのいいことったら。残りの時間は簡単な足や手の体操。かかとをあげておろす。指を組みあわせ、頭上で掌を返し、おろす。爪先をあげておろす。左右のうしろを振り向く。立って、椅子に手をかけ、左右の足を水平にあげる。すべて一五回である。

こんな体操に結構くたびれるのは、やはり体力の衰えのせいか。

「毎日、気がついたとき、やってください」

と先生はおっしゃる。

先生に訊いてみた。

「リハビリのポイントって何でしょうか」

「現在のあなただったら、いまやった体操を、気がついたとき、何度もやり、ずっと続けるのです。しかし、むきになってやりすぎないことです。それから、生活の中にリハビリの材料はいっぱいありますから、とにかく寝てばかりいないで、起きて、いろいろなことをしてください。何でもリハビリと思って、楽しみながら、ね」

「先生、そのことは、長年私の言い続けていることとまったくおなじです。私は何かの会で座右の銘みたいな言葉を書けなどと頼まれると、いつも〝楽しみながらすこしずつ〟と書くんです。書く、といえば、私、退院直後は手首の力が弱ったのか、筆圧も弱く、字がふるえ気味だったり、まっすぐに書けなかったのですが、力を入れて書くぞ、書くぞと意志をこめて書き、まっすぐに、と心がけたせいか、このごろ大分以前の字に近づきましたのよ」

「それがリハビリです」

と先生は言葉に力をつよめた。

「あらゆるところにリハビリはあるのです。でも、何にでもというわけにはいきません。興味のあるものに、おそるべき力を発揮するのです。ぼくは釣りが大好きなんですが、休みの日に釣りに行こうと思うと、それが楽しみで、仕事にもうんと精を出します。花の好きな人が、毎日毎日花をいとしんで水をやり、きれいな花の咲くのを楽しみにする。この水やりだって、リハビリのひとつ。そう思って暮らしてごらんなさい。いま、あなたがかかえている足首、手首の弱りだって、自然に解消します。長くはかかりますが」

「雑誌社の人と打ち合わせに都内に出てもいいでしょうか」

「いいですとも。なんでもリハビリのつもりで。最初はとてもくたびれるかもしれません」

お許しをもらったので、山の上ホテルまでタクシーででかけ、一〇月に海竜社から出るエッセイ集のゲラの著者校正を持っていき、今後の打ち合わせをした。簡単に思っていたリハビリの練習はやはり大変だった。タクシーでは、足が座席に上がらないし、降りてからも全部人に手をつないでもらって歩く始末。うちに帰ってきたときはくたくたで、外出着を脱ぎ捨てるなり、ベッドに直行。こんこんと眠った。

だが、外出が大変だからといって、家で寝てばかりいては歩けなくなってしまう。このことは一度の外出でよく分かった。楽しみながらだけでは成就しないこともある。はじめのうちは苦しくても、我慢してリハビリを積み重ねていくしかない、と痛感した。

リハビリの先生はおっしゃった。

「もう少し涼しくなったら、この辺を一緒に散歩しましょう。ぼくはこの辺のことを知らないんですよ」

「まあ、この近くの里見公園には秋のバラがまっ盛り。この辺は市川でもとりわけ美しい地区です。ご案内しますよ」

バラの花の間をゆっくりりと歩きたい。希望が広がっていった。

大切な二つの言葉

経てきた長い人生の思い出の中には、一四回もまったくひとりで旅したイギリスでの好ましいエピソードが多い。いまでも、その場面がはっきりと思い出される。その中に頻りに使われる言葉が二つある。「ありがとう（サンキュー）」と「すみません（ソーリー）」――この二つである。

それを驚きの中に聞きとめたのは、はじめて一人でイギリスを訪ねたときである。ヒースロー飛行場に着いて、入国審査をうけるため、私は長い行列の中にいた。その列は異国からイギリスに旅した人たち。私の右手のだいぶ離れたところには、母国に帰ってきたイギリス人たちの行列があった。

だから、彼らは、左から右へ、私の立つ行列を横切っていかなければならない。彼らの一人が、私の前のすきまを横ぎっていくとき、私は聞いた。たった私のからだの幅ほどの小さなすきまを入るとき、彼は「ソーリー」と言い、出るときは「サンキュー」と言った。次の人も同じ言葉を口にした。驚きと好奇心を感じた。私はわざと前の人との間を少し大きく空けて、たくさんの人が通るようにした。二〇人ばかりの人たちが、そのすきまを横切ったが、彼らはみな型で押したように、この二つの組み合わせを口にした。

私は思った。このことは、彼らがそう言わなければと意識していたのではなく、幼い時からのしつけがいまやオートマティックなマナーとして身に溶けこんでいるのだと。

ソーリーについては、微笑を誘うような、小さな思い出がある。それもどこかの飛行場だったが、その時も私は長い行列の中にいた。行列はなかなか前に進まない。私は文庫本を取り出して読みはじめた。数分くらい経ったとき、私は背中を軽く一回指先で突かれる感触を持った。ふり返ると、うしろに立っている中年の女性が微笑して「ソーリー」と言い、目で私の前を見てごらんと知らせた。行列は進んで私の前には大きなすきまができていた。

「サンキュー」と「ソーリー」が二つの大切な言葉と知った私は、帰国しても、それを実際に多用するようになった。

いま要介護の身で、親切丁寧な介護を受けている私は実践している。ことごとに、この二つの言葉を使うことを。

たとえば、看護師さんに浴室で全身にシャワーをかけてもらい、髪はシャンプーで洗い、終わりはリンスまでもしてもらうとき。「ああ、気持ちいい。ありがとう」と私は言う。からだのすみずみまで石鹸をつけたタオルでこすってもらうときは「すみません。ありがとう」と言う。足の指の間まで洗ってもらうときも、かならずそう言う。看護師さんたちは「いえ、いえ、私たちの仕事ですから」と受けてくださる。

帰られるときも「ありがとうございます。次を楽しみにしています」と最後に心をこめて言う。看護師さんたちも「妙さんのところに来ると楽しい。私の仕事もやり甲斐があるなあと思って」と言ってくださる。

私たちの国のあいさつ文化の貧困をつくづく感じた思い出もある。ある日、私はスーパーの入り口を出ようとして、隣にいた人のために扉を手でおさえてあげた。イギリスなら子どもでも言う「どうぞお先に（フォローユー）」という場面だが、私は黙っておさえ、隣にいた人も黙って出た。

ところが驚いたことに、あとにつづく一〇人あまりの人が、私に扉をおさえさせたまま、みんな黙って、平然と出ていったのだ。私はまるでホテルのドアボーイのようだった。一人くらい「すみません」か「ありがとう」を言ってくれる人がいてもいいのに。

教室で、この原稿に書いたようなエピソードをすこし話し、「皆さんになにか経験はありませんか」と訊いてみた。

「エレベーターの中などで、ベビーカーに赤ちゃんを乗せたお母さんと一緒になり、思ったまま『かわいい赤ちゃんですね』と言っても、しらーっとした顔で何も返事してもらえないことがよくあります。『ありがとう』と、ニッコリしてもらったら呼吸が合うのに」

私もまったく同感だった。

イギリスでは、驚くほどふり撒かれている「ありがとう」「すみません」の二つの言葉は、人間関係の大切な潤滑油になる言葉だと思う。

人と人との心の触れ合いが稀薄になりつつある現代、私たちももっともっとこの言葉を口にしたい。このことは、読者の皆様への私からの提案である。

心に残ったいい言葉

介護を受けるようになってから、からだのことでは医師や看護師の方々に、家事ではホームヘルパーの方々に大変お世話になっている。

そのヘルパーの一人から、先日、とてもいい言葉を聞いた。まだ三〇代の方で、掃除や片付けをフルに一時間働いてくださる。私はベッドの上からそれを見ることが多い。いきいきと、いそいそと、すべてをこなしてゆく様子はみごとで、気持ちがいい。

「あなたの働き方って、ほんとうにすてきね。仕事大好き、という感じよ」

そう言うと、こんな言葉が返ってきた。

「世の中には分担ってものがありますから。私は掃除が大好きなので、この仕事を受け持つことを喜びにしています」

若い女性の口から、哲学のようないい言葉を聞いて、私は感動した。

料理担当の方も料理名人で、ノンストップでロールキャベツや野菜スープを手際よく作ってくださる。私のからだを思って、大変薄味なのだが、どうしてこんなに底味がいいのだろう。この方も、聞けばきっとこうおっしゃるにちがいない。

「料理も働くことも大好きで、この仕事が私の喜びなんです」

私の喜び。この言葉を外国でも聞いたことがある。四〇代のはじめ、雑誌の取材で、赤毛のアンのふるさとであるプリンス・エドワード島に旅した。ある一日、同行の編集者とカメラマンは、農家のホームメイド菓子の作り方を残って取材することとなり、私は一足先に、その農家のご主人運転の車でホテルに帰ることになった。

まだ英語のプライベート・レッスンを受け始める前のこと。二言三言くらいは話したと思うが、野の中の長い一本道を走る途中も、ほとんど黙ったままだった。

ホテルに着いて降りるとき、私は「サンキュー・ベリ・マッチ、フォア・ユア・カインドネス（あなたのご親切、ほんとうにありがとう）」とお礼を言った。その返事がよかった。明るく快活に「マイ・プレジャー（私の喜び）」と。あなたのお役に立てて、私もうれしい、という意味である。そのときに初めて聞く英語だった。なんと実のこもった前向きの言葉だろう。カナダの旅の思い出のひとつとして、強く心に残った。

数年を経てアイルランドのダブリンに行ったときにも、この言葉によく出合った。ここからカナダへの移民も多いせいか、「マイ・プレジャー」のルーツのようにも思えた。ちょっとしたみやげ品を買って「サンキュー」というたび、「マイ・プレジャー、ノット・アット・オール（どういたしまして、私の喜び）」と古き良きマナーにのっとった言葉が返ってくるのだった。

英仏海峡の島、ジャージー島に魅せられた私は、ここへ幾度もひとり旅をしたが、顔なじみとなった親切なタクシー・ドライバーのジョンは、実に朗らかに仕事をする人だった。

「町へ買い物に出るので迎えにきてちょうだい」と、ホテルから電話をかけると、「ラブリー・ジョブ（楽しい仕事）」と打てば響く返事。町で見つけた絵はがきの風景に心ひかれ、「ジョン、ここへ行ってみたいのだけど」と言うと「ラブリー・ジョブ」と、語尾をちょっとあげて調子よく受けてくれる。

その「ラブリー・ジョブ」という言葉を聞くだけのために、ジャージー島へまた旅したくなるほどだ。

さて、私はと言えば、原稿を書いたり、古典の講義をしたりする仕事を、何ごとにも代えがたい「私の喜び」にしている。

四〇歳で書く仕事を始めてから、九二歳の昨年まで、その喜びのためにひた走りに走ってきた。今年は大病をして、まだ一日の半分はベッド生活だが、雑誌や新聞の連載四本は、起きてちゃんとこなしている。手首に充分力が入らないので、字がよちよち歩きのような感じになってしまうが、書き上がったときの達成感も「私の喜び」もいっそう深い。

今日届いた、岡山県にお住まいの長年の愛読者からのお手紙にも「岡山に何かご用がございましたら、岡山秘書として、何でもラブリー・ジョブを承ります」と書いてあった。

「私の喜び」という言葉とその思いがひろがっていくのは、しあわせな現象である。

清川　妙（きよかわ・たえ）

1921年、山口県生まれ。奈良女高師（現奈良女子大学）卒。教職を経たのち文筆活動に入り、講座や講演会などで活躍。2014年11月死去（享年93）。
著書に『兼好さんの遺言』『八十四歳。英語、イギリス、ひとり旅』『あなたを変える枕草子』『91歳の人生塾』（以上、小学館）、『乙女の古典』（中経出版）、『楽しみながら、すこしずつ　今日から自分磨き』『清川妙の手紙ものがたり』（清流出版）、『91歳育ちざかり』（主婦の友社）、『ひとり暮らしを輝かす』（河出書房新社）、『つらい時、いつも古典に救われた』『なりたい自分を夢みて』『清川妙の萬葉集』（以上ちくま文庫）、『古事記の恋』（いきいき出版局）、『心ときめきするもの――学び直しの古典』『心の色ことばの光――学び直しの古典　弐』（新日本出版社）ほか多数。

楽《たの》しき日々《ひび》に――学《まな》び直《なお》しの古典《こてん》　参《さん》

2015年5月15日　初　版

著　者　清　川　　妙
発行者　田　所　　稔

郵便番号　151-0051　東京都渋谷区千駄ヶ谷4-25-6
発行所　株式会社　新日本出版社
電話　03（3423）8402（営業）
03（3423）9323（編集）
info@shinnihon-net.co.jp
www.shinnihon-net.co.jp
振替番号　00130-0-13681
印刷　亨有堂印刷所　　製本　小泉製本

落丁・乱丁がありましたらおとりかえいたします。

ISBN978-4-406-05889-6　C0095　Printed in Japan